文春文庫

セイロン亭の謎

平岩弓枝

文藝春秋

セイロン亭の謎

高見沢家系図

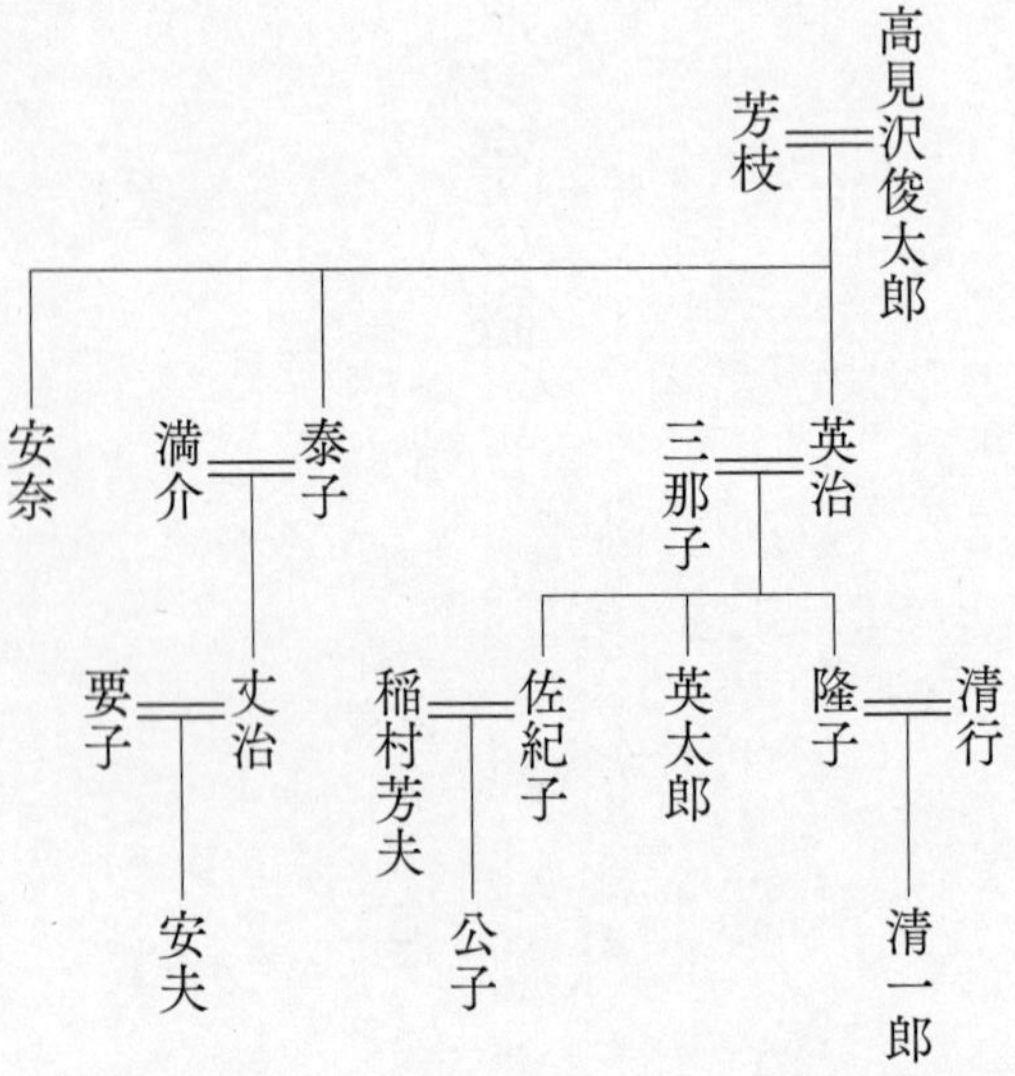

A

新幹線の新神戸駅から、坂を下りて行くと北野へまがる道へ出る。

矢部と森山は地図をみながら、その方向へ歩いていた。

矢部悠《ゆう》は、一応、肩書はキャスターということになっていた。二年ほど前に、たまたまゲストで出演したテレビのプロデューサーに気に入られて、一年ばかり、その局のワイド番組にキャスターとして起用された。

おかげで、かなり世間へ顔も売れたし、仕事も増えた。

が、当人は本来、書く仕事が好きで、気に入っているのは旅をして紀行文を発表することだが、それだけでは、いつまで経《た》っても女房ももらえないぞといわれて、依頼されればなんでも書くことにしている。

キャスターをして以来、ルポの注文が増えた。今回の仕事も、まあ、その延長上と考えられる。

森山信司《しんじ》はカメラマンであった。彼とは相性がよくて、今までにも随分、コンビを組んだ。彼との共通の趣味は旅、人がよくて仕事熱心という点でも気が合っている。

年齢は森山が二つ上だが、背は矢部のほうが高い。

「ここをずっと入って行くと、神戸名所、異人館ですよ。休みの日なんぞ、女の子がたむろしていて、とても歩けたものじゃないが……」

いいかけて森山が黙ったのは、ぞろぞろと、きゃあきゃあいいながら若い女がやって来るのをみたからで、道の両側は如何《いか》にも住宅を改造したといった感じのブティックやアクセサリイの店、ケーキ屋、コロッケ屋、レストランなどが点々とある。

「十年前までは、ハイカラな住宅地だったんですがね」

学生時代、船の写真を撮りによく神戸へ来ていたという森山がいった。

彼の父親は銀行に勤めていて、京阪神を中心に転勤していたらしい。

矢部は立ち止って、片手の地図を眺《なが》めた。

ラインの館《やかた》だの、風見鶏《かざみどり》の館だの、萌黄《もえぎ》の館だのと、人が集っている先のほうへ出て、道から、小高いあたりを見上げると、ずば抜けて立派な洋館が緑に囲まれている。

「あそこらしいな」

森山が地図をのぞき、その視線を洋館へ向けた。

観光名所になっている洋館とは、けた違いに豪壮な建物であった。

それを取り巻く樹木は樅《もみ》が多かった。

「流石《さすが》ですね」

道を少し入ったところに、石の門があった。

敷地は石垣《いしがき》をめぐらし、門扉《もんぴ》はがっしりした鉄柵《てっさく》にはさまれている。

その前に立った二人が、少しばかり驚いたのは、門からなだらかな石段が築山《つきやま》に沿ってカーブしながら上のほうに続いていたからで、この家の門から玄関までは、ちょっとした神社や寺の参道ほどもありそうであった。

石の門に、はめ込んである「高見沢」という表札を確認してから、矢部はインターホンを押した。

「どなた様ですか」

と女の声が応じた。

矢部は、この取材を依頼した女性雑誌の名をいい、自分の姓名を告げた。

「どうぞ、お入り下さい」

二人の目の前の門扉が低い音をたてて開いた。矢部が先に、森山が続いて門内へ入る。

電動式の門扉は、まるでそれを見届けたかのように素早く閉まった。

石段は、思った以上に長かった。

「雨の日は、どうするんだろうな」

歩きながら、矢部がいい、

「上のほうにもう一つ道があるんだろう。そっちは玄関まで車が横づけに出来ると思うよ」

と森山が応じた。

矢部は小型の旅行鞄《かばん》一つだが、森山のほうは器材の入った重そうなショルダーとボストンバッグ。

「一つ、持とう」

「いや、大丈夫だ」

その声が聞えたのか、植込みのむこうから若い男が姿をみせた。

「悠さん、待ってたぞ」

「清《しん》さんか」

声が学生時代に戻った。

二人はアイスホッケーの部員であった。

石段をかけ下りて来た高見沢清一郎《しんいちろう》も背が高い。しかし、体つきは矢部悠よりも華奢《きゃしゃ》にみえた。

「カメラマンの森山君だ」

矢部が片方だけの紹介をしたのは、森山には新幹線の中で、さんざん、高見沢清一郎のことを話したあげくだったからである。

「御苦労様です。さあ、どうぞ」

清一郎が、森山のバッグへ手を出したが、森山は、

「商売道具ですから」

と笑顔で辞退した。

「駅まで迎えに行くといったのに」

先に立って、清一郎がいった。

「車で来る道がちょっと厄介《やっかい》なんだ。地元のタクシーでも、ええっと驚くような道でね」

新神戸の駅からだと、かなり迂回《うかい》することになる。

「カメラの器材のことを、うっかりしていたよ」

森山が下から苦笑した。

「なに、馴《な》れてますから、それほど重くもないんです」

石段を上り切ったところに、イギリスの貴族の館かと思うような建物があった。

前庭は芝生で、花壇がある。

花壇は建物に沿って東側に続いていた。

玄関には中年の女が出迎えていた。

グレイのスカートにグレイのカーディガン、白のブラウスといった恰好《かっこう》からみて、お手伝いさんではないかと、矢部は思った。

「いらっしゃいませ」

という声を聞いて、さっきのインターホンは、この女性が応じたのだとわかった。

「いっぺん、部屋へ入ったほうがいいだろう。挨拶《あいさつ》はそのあとで……」

玄関を入ったところの階段の下で、清一郎がふりむいた。

「本当にいいのか」

「勿論《もちろん》だよ。ゲストルームの支度も出来ている。家族の了解もとってあるし、遠慮なら全くいらない」

清一郎が階段を上り、矢部と森山が続いた。

この家は外国風な暮し方らしく、靴を脱がない。

古いが、掃除の行き届いた階段を上る靴音が、その時の矢部には、いささか気になった。

案内された部屋は洋室で、如何にもゲストルームといった感じであった。

ツインのベッドルームに、簡単なリビングルームがついている。

「トイレとバスルームは、廊下の反対側にある」

部屋の入口で、清一郎が教えた。

「二階はあと、俺の部屋だけだから……」

奥の突き当りであった。

その他はバスルームの隣が図書室と納戸《なんど》になっている。

「一休みした時分に声をかけるよ。母を紹介するから……」

清一郎が下りて行き、矢部はコートを脱いだ。

先にブルゾンを脱いでいた森山が洋服簞笥《だんす》を開けてハンガーの一つを矢部に渡す。

「一流ホテルのスイートルームって感じですね」

窓越しに神戸の海が見えた。

「時々、外国からの客を泊めるとは聞いていたんだがね」

階下は二階の倍くらいの広さがありそうである。

「矢部さんの静岡の実家も広いじゃないですか」

そこへ泊ったことのある森山であった。

「ここには遠く及ばないよ」

静岡の旧家であった、典型的な日本建築で、すべてが畳の部屋ばかりである。

矢部自身は東京のワンルームマンションで暮している。

「どうも、こういう所へ泊ると、我が家へ帰った時が、がっかりですよ」

という森山は公団住宅住いであった。

森山がバッグからカメラを取り出している時に、若い女が紅茶を運んで来た。

マイセンの紅茶セットで、ポットにはキルトのカバーがかかっている。

「こりゃあ、うっかり割ったら大変だな」

マイセンの茶器が日本でいくらしているかを承知していた矢部が思わずいい、テーブルへ並べていた女が微笑した。

小柄《こがら》だが均整のとれた体つきをしている。

紺のタートルネックのセーターに、紺のスカートで、白いエプロンをかけていた。

さっき玄関先で出迎えた女性と、どことなく似ている。

「失礼ですが、あなたは高見沢家の……」

矢部が訊《き》き、エプロンの女は丁寧にお辞儀をした。

「私は……母がこちらのメイドをして居《お》りますので……今日はお手伝いに……いつもは元町の店のほうで働いて居ります」

勧められて紅茶に手を出した時、清一郎が上って来た。

「まあ、セイロン亭の名茶を一服、どうぞ」

空いている椅子《いす》に腰を下して、

「星《せい》ちゃん、僕のカップもあるやろ」

と関西なまりで訊いた。

「はい、御用意して居ります」

星ちゃんと呼ばれたエプロンの女が、お盆の上から、新しいカップを取って、ポットの紅茶を注ぐ。

「セイロン・ウバやね」

念を押してから、矢部のほうを向いた。

「セイロン島の東部のウバ州で採れるお茶でね、世界三大銘茶の一つなんだ。紅茶の玉《ぎょく》露《ろ》なんていう奴《やつ》もいる」

取材ノートを出しかけた矢部を制した。

「資料は、あとから、いくらだってやるから、まず、色をみて……」

やや明るいオレンジ色であった。

「香は他の紅茶より、ずっと強い」

たしかに、湯気と共に芳香が豊かに立ちのぼって来る。

「味についての感想を訊きたいね」

かつてのアイスホッケーの仲間が、すっかり紅茶の専門家になっているのを、矢部はいささかの関心をこめて眺めた。

「いい意味での渋みがあるね。たしかに日本の玉露と共通したマイルドな渋みと、甘みを感じるよ」

「流石日本茶の老舗《しにせ》の悴《せがれ》だな」

「旨《うま》いよ、これは砂糖もミルクも要らない」

「勿論、これはストレートで飲む紅茶だよ」

テーブルの上の砂糖壺《つぼ》に手をのばしかけていた森山が慌《あわ》ててひっこめた。

「セイロン島か」

紅茶を味わいながら、矢部がいい、清一郎がその横顔へいった。

「悠さんがセイロンへ行ったのは、だいぶ前だろう」

「大学を卒業した年だったよ」

就職もしないで、母親のへそくりをくすねては外国旅行ばかりしていた。

「インド洋の涙なんてガイドブックに書いてあったから、さぞかし優雅な島だろうと思って行って、空港でぎょっとしたよ」

コロンボ国際空港といえば聞えはいいが、当時の空港ビルはバンコクやシンガポールの空港から比較すると、かなりお粗末であった。

到着が深夜だったにもかかわらず、むっとする熱気と独特の臭気が襲って来て息がつまりそうだった記憶がある。

「だが、いい旅だった」

金はなかったが、時間はあり余っていた頃だったから、セイロン島の殆《ほと》んどを歩き廻《まわ》った。

「茶畑はキャンディからヌワラエリヤへ行く途中で随分、見た」

「それじゃ、あとで、セイロン・ヌワラエリヤとセイロン・キャンディを味わってもらおう」

紅茶を飲み終った時、そういった清一郎が急に声をひそめた。

「但《ただ》し、リビングではお茶を出さない。実は母が強度の不眠症でね。医者はお茶のせいではないというんだが、当人が気にするので、飲み物はジュースかアルコールと決めているんだ」

紅茶を売り物にする家としては、皮肉なことであった。

高見沢家は代々、紅茶を輸入する会社であった。

清一郎の父の代に、その紅茶を飲ませるティーサロン、いわゆる喫茶店を元町に開き「セイロン亭」と名付けた。

それが成功して、今は大阪、京都、東京とチェーン店が増え続けている。

「それじゃ、下へ行こうか」

清一郎がうながして、男達は同時に腰を上げた。

B

矢部悠が依頼された女性雑誌は、来月、発行される号で、紅茶を特集することになっていた。

その中で、最近、若い女性に人気のある「セイロン亭」のオーナー一家を紹介するのと、輸入紅茶についての解説の部分を、矢部が担当することになった。

それは、「セイロン亭」の女社長、高見沢隆子《たかこ》の一人息子、清一郎と矢部が昵懇《じっこん》だったためである。

もっとも、矢部が清一郎と、

「清さん」

「悠さん」

と呼び合う間柄だったのは大学時代のことで、卒業後は殆んど会う機会がなかった。

しかし、清一郎は矢部の遠慮がちな取材申し込みに、学生時代と変らない声で、すぐに承知してくれたばかりではなく、神戸での宿泊に、自分の家のゲストルームを提供してくれたものだ。

「友達っていいもんですね」

と森山が感心するくらい、清一郎は矢部の取材に協力的であった。

もっとも、これは「セイロン亭」にとって、まことによい宣伝にもなる。

高見沢家の広いリビングには、高見沢一族が勢揃《せいぞろ》いした。

といっても、この家は、高見沢隆子と清一郎、それに、隆子の妹の子だという稲村公《きみ》子《こ》の三人で、他はこの撮影のために須磨《すま》からやって来た高見沢丈治《じょうじ》、要子夫妻と、その息子の安夫であった。

「丈治小父《おじ》さんは、うちの母の従弟《いとこ》、つまり、小父さんの母さんと、母の父とが兄妹でね。紅茶の輸入業のほうは小父さんの会社がやっているんだ」

と清一郎は紹介した。

つまり、高見沢という姓は隆子の実家のもので、「セイロン亭」の先代、清一郎の父の清行《きよゆき》は養子であることを、矢部は今度、はじめて知った。

清一郎の父の清行は五年程前に病死して、そのあとは、とりあえず、妻の隆子が社長に就任した。清一郎は目下、肩書は「セイロン亭」の専務取締役である。

高見沢一族の写真撮影が済み、矢部が「セイロン亭」の歴史について取材している中《うち》に陽が暮れた。

庭の樅《もみ》の木には、見事なほどの電飾がほどこされている。

あと二週間ほどでクリスマスであった。

「では、七時から夕食にしますので、それまで、皆さん、一休みして下さい」

矢部の取材のきりのいいところで、清一郎がいい、矢部と森山はいったん二階へ戻った。

「社長の不眠症というのは、かなりひどいんですかね」

フィルムの整理をしながら、森山がいった。

「たしか、大正十三年生まれとおっしゃってたから、六十八歳ですかね」

それにしても老《ふ》けていると、森山は低声《こごえ》でいった。

「写真の上りがいささか心配ですよ」

ワインカラーのぼったりしたシフォンベルベットのワンピースに、ダイヤモンドのネックレスとイヤリング、両手には大きなブルーサファイアとキャッツアイが、各々《おのおの》、ダイヤに取り巻かれているのを一個ずつはめていた。

けれども、その手も、ネックレスを飾った首筋も老人の皺《しわ》としみが無惨《むざん》なほど目立っていた。

むしろ、宝石がきらびやかな分だけ、老醜がきわ立つと森山はいいたいらしい。

「まあ、ご主人が歿《なく》なったあと、社長の重責を荷《にな》って来たわけだから、人にはわからない心労もあるだろうしね」

矢部はむしろ、同情的な言い方をした。

静岡で矢部の兄夫婦と暮している母は、七十歳だが、隆子よりもずっと若くみえるし、元気もよい。

「清一郎さんのお父さんは五年前に歿ったたってことでしたね」

まだ、七時には間があるので、森山はストーブの脇《わき》のソファにすわって煙草《たばこ》を取り出していた。

「清一郎さんって、おいくつです」

「俺と同い年だから、三十四だな」

「五年前は二十九ですね」

どうして、息子にバトンタッチしなかったのだろうと森山がいい出した。

「普通、父親が歿られれば、息子さんが次期社長でしょう」

「セイロン亭」の若社長として、二十九歳でも可笑《おか》しくはない。

「仕事そのものは、まわりが助けるでしょうし……」

小さくとも会社組織にはなっているのだ。

「六十をすぎている未亡人が社長というのは、ちょっと変な気がしますよ」

「やっぱり、若すぎると思ったのかな。彼はまだ結婚もしていないし……」

独身というのは、世間にあまり信用されないというきらいはある。

「どっちにしても、清さんが結婚すれば、社長になるんだろう」

そういえば「セイロン亭」の後継者の結婚問題についても訊いてみようと矢部は思い

ついた。

女性雑誌の企画であった。「セイロン亭」の次期オーナーの結婚は、いい記事になる。

晩餐《ばんさん》は、リビングの隣のダイニングルームに用意された。

リビングのほうもそうだったが、こちらの部屋にも古風な暖炉があって、その隣の飾り戸棚には骨董品《こっとうひん》として値打ちのありそうなカップとソーサーが並んでいる。

コックは、昨年、「セイロン亭」が芦屋《あしや》に出したはじめてのフランス料理の店から来たという。

「木曜日が休みなものですから……」

と説明したのは稲村公子で、食欲があまりなく、どこか大儀そうな隆子に代って、晩餐の席のホステス役をつとめている。

女にしては大柄なほうで、二十八という年相応の落着きがある。派手な化粧の顔は、人によっては美人というだろう。隆子とは伯母と姪《めい》の間柄だけあって、なんとなく似た所があった。

「矢部さんは、静岡の茶問屋の家にお生まれなんですってね」

きびきびした話しぶりには、殆んど関西訛《なま》りがない。

「清一郎さんのお話だと、江戸時代からの旧家だとか……」

「あ、いや……」

慌てて、矢部は訂正した。

「たしかに、今、僕の兄が継いでいる静華堂という店は旧幕時代からの茶商ですが、もともとは矢部家のものではなかったんです。矢部家というのは、茶畑をやっていたので、昔は静華堂に茶を納めていたんです。それが、まあ、明治、大正になっていろいろと発展しまして、たまたま、静華堂の当主の家を継ぐ者がいなくなった時に、僕のひいじいさんが引き受けたとかいう話で……」

「そちらは、お兄様が継いでいらっしゃるのでしょう」

「そうです」

矢部悠としては、気らくな次男坊の身分であった。

「矢部さん、まだ、お独り……」

「はあ」

「より好みが激しくていらして……」

「とんでもない。来る人間がいないだけです」

「御冗談でしょう。キャスターで、あんなに人気がおありなのに……」

「自由業の生活は不安定ですから……」

きっかけが出来たと思い、矢部はちらと清一郎を眺めた。

「清さんの縁談は決っているんですか」

清一郎が答える前に、それまで黙々とワインを飲んでいた隆子が甲高い声で答えた。

「清一郎の嫁は、公子に決めています。来春にでも式を挙げさせたいと思っています」

「お母さん……」

清一郎が、やや声の調子を落していった。

「そんなこと、お母さんが勝手に決めんで下さい。公子さんにも失礼や」

「公子には、ようういうてあります。あんたが公子と結婚せんことには、高見沢家の血筋が絶えてしまう」

まあまあと口をはさんだのは高見沢丈治で、

「マスコミの人の前で、つまらんことをいいなや。内輪のことは、また、内輪の時に話したらええ」

矢部は苦笑した。

「僕は、御迷惑になるようなことは、記事にしません」

丈治が手を鳴らし、中年のお手伝いが顔を出した。

「和代《かずよ》さん、デザートにポートを開けよう。デカンタはわしがするよってに、よさそうなのを持って来てんか」

「ポートは、僕が取って来ますよ」

清一郎が立ち上った。

「うちの年代物のポートは、みんな小父さんが飲んでしまうんやね」

笑いながら、ダイニングルームを出て行った。

極上のポルトガルのワインがデカンタされる頃、黒い服を着た女がワゴンを押して入って来た。

客の前で手ぎわよく、クレープシュゼットを焼き上げる。

「長田《おさだ》けいさんといってね。うちの元町の店のケーキは、この人が作っているんや」

清一郎が矢部と森山に紹介し、長田という女性はワゴンから体をずらすようにして会《え》釈《しゃく》をした。

クレープを焼く度に、リキュールのアルコールをとばす火が青く燃えて、それが焼いている女性の顔をその瞬間だけ、浮び上らせる。

年齢がわからない、と矢部は思った。

小さくひきしまった容貌《ようぼう》は、彫《ほり》が深く、青い火のせいか、どことなく憂愁の風情《ふぜい》がある。

すべての皿にクレープシュゼットが行き渡って、部屋の照明が元に戻された時、その女性はワゴンと共に部屋から消えていた。

食事が終って、須磨の高見沢一家が帰ってから、清一郎が二階へ来た。

ちょうど、森山がバスルームへ行っていた時で、矢部は早速、あやまった。

「さっきは悪かった。結婚のことなど訊いてしまって……」

「驚いたろう」

軽く眉《まゆ》を寄せて、清一郎が笑った。

「実をいうと、俺も驚いたんや」

母親が人の前で、ああいう発言をしたのは今日がはじめてだったといった。

「前から、うすうすは感じていたんだが、ああ、はっきりいうとはね。正直いうて、まいったわ」

「公子さんとは、従兄妹《いとこ》だろう」

隆子の妹の子と紹介されている。

「悠さんに、話さなんだかなあ」

「なんだ」

「ほんまのことや。俺はお袋の実子やない。死んだ親父《おやじ》が外に作った子やがな」

「知らん。初耳だよ」

「実の母親は俺を産んで間もなく死んでしまって、結局、今のお袋がひきとって育ててくれたそうや」

本妻が、夫の浮気の子を実子にして入籍した。

「お袋に実子が出来なんだよって、ま、厄介《やっかい》なことにはならなんだというわけや」

語尾に、かすかな皮肉がのぞいた。

「親父は高見沢家にとっては、養子やろ。そやから……」

「成程《なるほど》、そういう意味だったのか」

隆子が、清一郎に自分の姪と結婚しなければ、高見沢の血が絶えてしまうといったことである。

清一郎の体には、隆子のいうところの高見沢家の血は流れていない。

「だったら、よけい、君にすまないことをした。馬鹿《ばか》なことを訊いてしまった」

「いや、悠さんが気を使うことはない。遅かれ早かれ、出て来る問題やったんや」

矢部はテーブルの上におかれた紅茶を飲んだ。

食事のあとで、星ちゃんと呼ばれていた娘が運んでくれたものである。

「これも、セイロン紅茶かい」

「いや、中国だよ。安徽《あんき》省産の紅茶だ。はまなすの花をブレンドした、いうなれば花茶や」

いわれてみれば、かすかにローズ系の匂《にお》いがしている。

「女性好みやけどな。眠る前にはええと思った」

「セイロン亭で、中国のお茶も出すのか」

「御時世でね。面白いもんだけ六、七種類、メニュウに入れてる。丈治小父さんからの頼みもあって、インド紅茶も少々……」

「セイロンにこだわることはないからな」

話題を戻した。

「立ち入ったことを訊くようで悪いが、これは取材じゃない。友達として気になったからいうんだ。公子さんと結婚する気はあるのかい」

ダイニングルームでの、彼の口ぶりには、否定的な感じが強かった。

「お袋にはすまんと思うが……」

「他に、好きな人がいるのか」

「まあな」

「それじゃ、仕方がないな」

家の、血の、というのは如何にも古くさかった。

結婚は家のためにするという時代は遠くに去っている。

「お母さんを説得するんだな」

「そのつもりやけど、今はあかんのや。病気のせいか、すぐ昂奮《こうふん》する」

矢部は、先刻の隆子の声を思い出した。

あれは、ヒステリーの一歩手前といった印象であった。

「俺のほうは急がん。ぼちぼち、話をしてみる」

「それがいいよ」

「明日、八時頃の朝食でどう……」

「けっこうだよ」

「森山さんが、うちの庭で少し写真を撮りたいといっていたから、それが済んで、元町の店へ行こう。開店が十時なんだ」

「まかせるよ」

森山がバスルームから出て来て、清一郎はおやすみ、といい、階下へ去った。

お手伝いになにかいっている声がかすかに聞える。

翌日の取材は午前中で終了した。

元町の「セイロン亭」には星子ちゃんがいた。

「林原星子さん。お母さんはうちで働いてもらっている和代さんでね」

と改めて清一郎が紹介したが、その表情はどこか照れくさそうであった。

午後の新幹線で、矢部は森山と帰京した。

その夜から原稿を書かないと、〆切《しめきり》に間に合わない。

二日ばかり机に向ったものの、思いの外に筆が進まなかった。

単に、「セイロン亭」の家族の紹介ではなく、なまじ、それが友人の家のことなので書きにくいようであった。清一郎が打ちあけた家族の事情などは、勿論、記事には出来ない。

矢部にしては、時間のかかりすぎた原稿を女性雑誌の編集部へファクシミリで送って
ベッドにもぐり込んだのが、帰京して四日目の早朝であった。

どのくらい眠ったものか、電話の音で目がさめた。

しまった、留守番電話にしておくのを忘れたと思いながら、受話器を取ると、森山の
声であった。

「矢部さん、今朝の新聞みましたか」

珍しく、森山の声の調子が上ずっている。

「いや、まだです」

マンションの入口にある新聞入れに取りに行ってなかった。

「大変ですよ。セイロン亭の女社長が……その……殺されたみたいです」

ええっと体を起したはずみに、矢部の指が電話を押したらしい。

もしもし、といってみたが、すでに切れている。

時計をみると、午前十時であった。

C

パジャマの上からコートを引っかけて、朝刊を取りに階下へ行き、部屋に戻ってコー

ヒーをいれながら社会面を開いた。

記事は小さなものであった。

セイロン亭の女社長、殺さる、と見出しがついている。

十五日午後十一時すぎ、神戸市中央区北野町××の高見沢隆子さん方で、隆子さんが死亡しているのを、帰宅した姪の稲村公子さんが発見、通報した。

隆子さんは頭を鈍器のようなもので、撲《なぐ》られて居《お》り、室内には物色した跡があり、現金、およそ七十万円が盗まれていたところから、強盗殺人とみて捜査を開始した。隆子さんは関西で人気のある喫茶店セイロン亭の社長で、家族は長男の清一郎氏と稲村公子さんの三人暮しであった云々《うんぬん》。

二つの新聞の記事は、ほぼ似たようなものである。

気がついて、矢部悠は神戸の高見沢家へ電話をしたが、話中であった。

一杯のコーヒーを飲み終ったところに、カメラマンの森山信司がやってきた。

彼の家は、小田急線の参宮橋《さんぐうばし》の近くなので、矢部のマンションまでは歩いても、せいぜい二十分足らずである。

「読みましたか」

テーブルの上に広げてある新聞を眺めて、

「驚いたでしょう」

と軽く首をすくめた。

「一寸先は闇《やみ》だね」

先週の木曜日に、森山と一緒に取材で会ったばかりである。

不眠症で体調が悪いとはいっていたが、まさか、強盗に殺されるとは思いもよらなかった。

「あんな立派な家にも強盗が入るんですかね」

英国の貴族の館《やかた》といった風格のある高見沢邸を森山は思い浮かべているらしい。

「豪邸ほど、この節は無人だというからね」

昔のように、執事《しつじ》がいて、書生がいて、女中が二、三人といった使用人を抱えている金持は、滅多にお目にかかれなくなった。

プライベートな使用人を使いにくい時代でもあり、その分、生活がシンプルになっている。

高見沢家にはお手伝いさんがいたが、住み込みではなかったようだ。

「矢部さん、どうします」

「そうだな、やっぱり、おくやみに行って来なけりゃあな」

高見沢清一郎とは学生時代からの友人であるし、この前の取材でも厄介をかけている。

「女社長が、こんなことになって、この前の写真、使えますかね」

セイロン亭のオーナーの家族を紹介した写真であった。

その仕事を依頼した女性雑誌も、今頃、困惑しているかも知れない。

一日中、矢部は神戸の高見沢家へ電話をかけ続けたが、話中であった。

翌日、さし当っての仕事を片付けてから、矢部は新幹線に乗った。

暮も押しつまって来たが、世の中が不景気のせいだろう、列車は比較的、空《す》いている。

新神戸の駅へ着いたのは七時に近かった。予約を入れておいたホテルへチェックインして、再度、高見沢家へ電話をする。

今夜が仮通夜《かりつや》とのことであった。

スーツに着替えて、歩いて高見沢邸へ行った。

例の電動式の門扉は開かれたままになっていて、そこに受付が出来ている。弔問の客は長い行列を作っていた。

喪主は清一郎で、その隣に稲村公子が黒いスーツで並んでいる。続いて高見沢丈治と息子の安夫の顔がみえた。

「家内は友人に誘われて香港《ホンコン》へ行って居りましてなあ、運の悪いことに、明日の朝、帰国しますよってに、葬式には間に合いますが、……ほんまにえらいことで……」

丈治が弔問客に弁解している声が聞える。

清一郎は矢部の顔をみると、早口で礼を述べたあと、

「日帰りか」

と訊いた。

「いや」

低声《こごえ》でホテルの名を告げ、次にいた稲村公子に頭を下げ、丈治と安夫にも口の中でお
くやみを述べて帰りの列についた。

狭い道をまがり、ひたすら下りて行くと、いつの間にか北野通りへ出た。

そのまま歩き続けて元町へ行ったのは、どこかで軽い食事をするつもりだったが、ひょいとみると、セイロン亭の元町店が開いていた。

入口からのぞくと、

「あら、いつ、神戸へ……」

先週、この店で森山カメラマンが写真を撮ったのと同じブルーと白の制服の林原星子が人なつっこい顔を向けた。

「今、お通夜へ行って来たんだ」

まだ、お茶が飲めるかという矢部に、

「どうぞ……」

と奥のテーブルへ案内して、そっとメニュウを広げる。

正直のところ、紅茶の銘柄《めいがら》はどれでもよかったが、ミルクティに向いているというア

ツサム・ミストとアップルパイを注文した。

ぼつぼつ閉店時間なのだろう、店内に残っていた客が次々に席を立って行く。

「悪いな」

紅茶とパイを運んできた星子にいうと、

「御心配なく、みんなには先に帰ってもらいますから」

入口のドアに本日は閉店致しました、と書いた札をかけに行った。

もはや、客は矢部一人である。

アップルパイを食べながらみていると、ウェイトレス達は、星子に、

「お先に」

と挨拶をして裏へ消えて行く。

「主任、あとを頼みます」

キッチンのほうから男の声が聞こえ、それにも星子は、

「おつかれさま」

と返事をしていた。

林原星子が、この店の責任者であるのは、この前の取材の時に聞いていた。

「大変だったたね。新聞をみて、驚いた」

奥から戻って来た星子にいった。

「今日は休んでいるかと思ったよ」

セイロン亭のことであった。

「昨日までは休んでいたんですけど、専務がお客さんには関係ないからと……」

「客に、なにか訊かれない」

「別に……噂はしているみたいだけど……」

事件を知って野次馬気分で来た客もいたようだと眉をひそめた。

「別に、この店で人殺しがあったわけじゃないからな」

そそくさと紅茶を飲んで勘定書を取った。

「君、帰るんだろう」

「お邸《やしき》のほうへ寄ります」

「お通夜の手伝いか」

「売り上げを届けに行くんです」

「それじゃ、外で待っている」

どっちみち、ホテルへ帰る通り道のようなものであった。タクシーで高見沢邸まで送るつもりである。

元町の商店街は殆《ほと》んどが閉まっていた。

星子が店のカーテンを閉め、入口に鍵《かぎ》をかけているのを、矢部は外から眺めていた。

やがて、店の電気が消え、横の路地から星子が出て来た。

「いつも、店が終ってから、売り上げを届けに行くのか」

トアロードのほうへ歩き出しながら訊いた。

「普段は係の人が集金に来るのよ。でも、今日はお通夜に行ってるから……」

「君は、住み込みじゃなかったんだね」

「母とアパート暮しです」

その意味に気がついたように、かすかに身慄《みぶる》いした。

もし、住み込みだったら、強盗殺人の巻き添えをくったかも知れないのだ。

「お母さんは、いつも何時頃に帰るの」

矢部の言葉に、星子がコートの衿《えり》に首をすくめるようにした。

「まるで、刑事さんみたいね」

「命拾いしてよかったと思ったからだよ」

タクシーに手を上げようとした矢部を、星子が制した。

「すみません。もう少し、一緒に歩いて下さい」

彼女が話したがっていると思い、矢部はうなずいて歩調を揃えた。

「母は、警察の人にいろいろ訊かれたみたいです。やっぱり、最後に社長をみた人間だったから……」

矢部を下から仰いで、強い声でいった。

「でも、母は犯人じゃありません」

「当り前だよ」

きっぱりした口調に、星子はいくらかほっとしたようであった。

「君のお母さんには一度しかお目にかかっていないが、人殺しなんぞ出来る筈《はず》がない」

横断歩道を矢部は星子をエスコートして渡った。

「ああいう事件があれば、警察は誰にでも一応、話を聞くものだよ。近所の人にだって、ピザパイの配達人にだって聞いてみる」

星子が少し笑った。

「どうしてピザパイの配達人が出て来るんですか」

「例えばの話だよ」

少しでも星子の気持を軽くしてやりたいと矢部は思った。誰だって、自分の母親に殺人の嫌疑《けんぎ》がかかっているのではないかと思ったら、生きた心地がするまい。

「母はいつも夕食の後片付が済むと、翌日の朝食の下ごしらえだけして帰ります。大体、九時から十時の間にお邸を出て、歩いて十分ばかりの所に私達のアパートがありますから……私は元町の店が閉まるのが九時ですから、私のほうが早いこともありますし……」

「十五日は、どっちが早かったの」

「母でした。お客様もなかったし、専務はお出かけで、公子様は芦屋のお店へ夕方から出勤なさるので……」

セイロン亭が芦屋にオープンさせたフランス料理の店のマネージャーをしているという。

「芦屋のお店は公子様の御希望で出来たんです」

「あの人も、なかなか、やりてらしいな」

矢部が泊めてもらった夜の食事の際、てきぱきとホステス役をつとめていた稲村公子はフランス料理のレストランのマダムにうってつけだと矢部は思った。

「大奥様お一人の食事だけですと簡単ですから、母は九時前に帰宅したといっていました」

星子が帰ってみると、温かいクラムチャウダーが煮えていたといった。

「いつものように、母と二人で食事をして、母はちっとも変ったところはありませんでした。いくらなんでも素人《しろうと》が人を殺したら、そんなに平気でいられるわけがないでしょう。第一、母には社長を殺す理由なんてありません。お金の必要もないんです。私達、お金持じゃないですけど、困ってもいません」

だが、その口調はやや弱かった。

「君のいう通りだよ。新聞にも強盗の仕業だと書いてあったし、君のお母さんが疑われる筈はない。よけいな心配はしないほうがいいよ」

気がついてみると、北野通りへ出ていた。

高見沢邸への坂道を上って行く星子を見送って、矢部は遂《つい》にホテルまで歩く破目にな
った。

部屋へ入ってシャワーを浴びているところへ、清一郎から電話が入った。

「今から、そっちへ行ってもいいか」

という。

「かまわないが……」

「部屋へ行くよ。そのほうが話しやすい」

湯を出て、備えつけの浴衣《ゆかた》を着たところに、もうノックの音がする。

「実はホテルへ来てから電話したんだ」

苦笑した顔に疲労が滲《にじ》み出ていた。

「狭いが、まあ、すわってくれ」

一つしかない椅子を勧め、矢部は冷蔵庫からビールを出した。自分はベッドに腰をか
ける。

学生時代と同じような雰囲気《ふんいき》になって、清一郎の肩から力が抜けた。

「星子ちゃんといっしょだったって……」

「元町の店で紅茶を飲んだんだ。売り上げを届けに行くというから途中まで送ったんだ」

「彼女、相当、参っていただろう」

「お母さんが事情聴取を受けたそうだね」

缶ビールを飲んでいる清一郎を眺めた。

「強盗なんだろう」

すぐに返事が戻って来なかった。

「違うのか」

「警察の話だと、外部から侵入した痕《あと》が作為的だというんや」

語尾に関西なまりが戻った。

「公子さんが帰って来た時、玄関は鍵がかかってチェーンまでついていた。裏口は林原さんが鍵をかけて帰った状態で、公子さんも僕も、夜になって帰宅した時は裏口のほうから入る。そこの鍵は四個あって、林原さんと僕と公子さんと、もう一個は予備として台所にかけてある」

「それじゃ、賊はどこから侵入したんだ」

「客間のフランス窓の一つが、ガラスを割られていて……公子さんが帰った時、そこは開けっぱなしになっていたそうや」

つまり、外からガラス窓を割って鍵を開けて入ったようにみえる。

「それが、偽装だというのか」

「足跡がないといって居《お》った。それから、室内を物色したのが、わざとらしいというて居る」

隆子が殺されていたのは居間だったといった。

「金は、母の寝室にあったハンドバッグの中から盗まれている」

隆子の部屋には宝石箱もおいてあり、その中にはダイヤの指輪やネックレス、その他の宝石類が入っていた。

「どう叩《たた》き売ったかて、数千万にはなると思うが、まるで手つかずやった」

「本物と思わなかったのかも知れないよ」

先週の撮影の時、隆子が無造作に首にかけていたネックレスが一億以上もするような本物だと、あとで知って森山と二人、仰天したことを矢部は思い出していた。

「それにしたって、星子さんのお母さんが疑われる理由はないだろう」

清一郎が深い息を吐いた。

「警察に、つまらんことをいうた奴が居るんや」

「なんだよ」

心に浮んだことを、矢部は口に出してみた。

「君が、星子さんを好きだということか」

友人が目を大きくし、照れくさそうにしばたいた。

「知っとったのか」

「この前、そうじゃないかと思った」

「そのことで、お袋と口論したんや」

「いつ」

「君達が帰った夜……」

するとと、十一日になる。

「お袋は、君達にもいったように、公子さんと結婚せんことには、高見沢の血筋が絶えるちゅうて、大反対やった。そないに勝手なことは許さんちゅうて、えらいヒステリーをおこした」

「そのことを、公子さんは知っているのか」

「芦屋の店へ行っとって、その席には居らんかったから、母親と俺との口論は知らんやろ。しかし、俺と星子のことはうすうす気がついて居ると思う」

「その時、家にいたのは……」

「林原さん……星子の母親は台所にいたが、お袋の声は大きいから聞えとったやろ」

椅子から立ち上って窓から外をみた。

このホテルは高台にあり、高層ビルだから神戸の夜景はよく見渡せる。

「で、結果はどうなった」

「お袋が須磨の小父《おじ》さんに電話をしたらしい。小父さんから、体調の悪い者によけいなことをいうな、もう少し、時期をみてにしろと忠告されて一巻の終りや」

暫《しばら》く、その話は保留にしたと清一郎はいった。

「さわらぬ神にたたりなしや」

「警察に話したのは誰なんだい」

高見沢一族の者が迂闊《うかつ》に喋《しゃべ》るわけはなかろうと思った。

「セイロン亭の会社の連中は、大抵、俺と星子のことは知っている。社長が俺と公子さんを夫婦にするつもりなのもね」

そういう話には大方の人間が好奇心むき出しで、なにかと取り沙汰《ざた》する。

「しかし、自分の娘の恋のために、母親が人殺しをするかね」

下手なテレビドラマではあるまいし、と矢部は友人の表情を窺《うかが》った。

「犯罪がばれて、娘が人殺しの子になったら、それこそ人生滅茶苦茶《めちゃくちゃ》じゃないか」

矢部が知る限り、林原和代という女性は、衝動的に殺人などをやるタイプではない。

「勿論、俺も林原さんがお袋を殺したとは思っていないよ」

椅子にすわり直し、清一郎が真剣な顔を矢部に向けた。

「俺が、何をいっても笑わんか」

「俺のいうことを、信じてくれるか」

矢部は友人をみつめた。

冗談好きで、少々、軽々しいところがないではないが、物事のけじめのわからない男ではなかった。

「信じるよ」

スポーツを一緒にやって来た当時の信頼を裏づけにして応じた。

「変な電話があったんだ」

十三日の夜だったといった。

「日曜の、十時すぎだった。お袋はもう寝てしまっていて、公子さんはまだ芦屋から帰って来ていなかった」

居間の受話器を取ると男の声で、

「Do you know the secret of Ceylon house?　というんだ」

「セイロンハウスの秘密を知っているか、というわけか」

「こっちが、あっけにとられているうちに切れてしもうた」

なにかの間違い電話かと思っていると、翌日、手紙が来た。

「これや」

「笑う……？」

内ポケットから出した。

封筒の住所は、まるで左手で書いたような横文字で、宛名《あてな》はMr. Shinichilo Takami-zawaになっていた。

中身は紙片が一枚きり、

「你知道不知道　锡兰亭的秘密？」

と書いてある。

「中国語か」

「英語の電話と同じ意味だ。あなたはセイロン亭の秘密を知っていますか」

忌々《いまいま》しそうに清一郎が繰り返した。

「悪戯《いたずら》にしても、念が入っていると思わんか」

手紙が来たのが十四日、強盗殺人が十五日の夜。

「しかし、この手紙と、清さんのお袋さんが殺されたのは……」

「関係ないと思うか」

「そりゃあ、わからないが……このことを警察には話したのか」

「一応はいうてみた。けど、誰も相手にせえへんよ、警察は俺のことまで疑うてる」

頭を抱えている友人に、矢部は思い切って訊《たず》ねた。

「清さんは、この手紙の、セイロン亭の秘密というのに、心当りがあるのか」

清一郎が顔を上げた。青ざめた表情がひどく暗くみえる。

「別にない。ただ……」

「ただ……」

「むかしむかしだったと思う、死んだ父が誰かに話していたような気がするんだ。セイロンハウスの秘密がどうとか……」

「セイロンハウス……」

「確か、そういったような気がするんや」

「いつ頃……」

「多分、小学生の時分だろうと思う」

「どこで聞いた」

「おぼえて居らん、ずっと忘れとったんや。電話が来て、その手紙が来て、ふっと思い出したんやから……」

矢部は、もう一度、紙片に目を落とした。

你知道不知道　锡兰亭的秘密？

D

高見沢隆子の葬儀は、通夜の翌日が友引だったこともあって、一日おいて神戸の寺で行われると聞いたが、矢部はそれには参列せず、通夜の翌日に新神戸から新幹線に乗った。

静岡へ停車するひかり号に乗ったのは、ついでに実家へ寄る気になっていたからである。

矢部悠の生家は静岡で指折りの老舗の茶問屋、静華堂であった。

その本店は、静岡の中心にあったが、もうだいぶ以前にビルにしてしまっていて、住いは浅間《せんげん》神社の近くに移っていた。

タクシーを降り、この節はもう珍しくなった冠木《かぶき》門《もん》風の入口を入ると、敷石が玄関まで続いていて、その両側は手入れの行き届いた植込みに囲まれている。

玄関の手前で足を止めたのは、庭のほうで母の声がしたからであった。

玄関に向って左手に枝折戸《しおりど》がある。そこをくぐると竹林があって南側がかなり広い庭になっている。

母は焚火《たきび》をしていた。

セーターにゆったりした作業ズボンで、上にデニムのブルゾンを羽織っている。

恰好だけは勇ましいが、ふりむいた顔は久しぶりのせいか年相応に老けてみえた。

矢部のイメージの中の母は、もう少し若かった筈である。

「おやまあ、珍しい人が帰って来た」

母が縁側のほうを向いて、兄嫁の三津子にいった。

「悠さんのお帰りよ」

兄嫁が笑顔で軽く頭を下げた。

「お帰りなさい」

その背後から、兄の顔がのぞいた。

「兄さん、家だったのか」

てっきり、店のほうだろうと思っていた。

「お袋がうるさいから、大掃除の手伝いに帰って来たんだ」

弟の手からスーツの入ったバッグを取った。

「東京からか」

「いや、神戸へ、知人のお通夜に行った帰りなんだ」

「まあ、上れ」

といっても、今は大掃除の最中である。

「二階へ行こう」

「掃除、手伝わなくていいのか」

「力仕事はもう終ったんだ」

二階は温室のようであった。

南側がガラス戸で十畳と八畳と二つ続いた日本間ががらんとしている。

「ここは午前中に掃除が終ったんだ」

押入れから座布団《ざぶとん》を二枚出して、座卓の前におく。

「母さんが、今日あたり、お前に電話をしろといっていたんだ」

「なにか、用……」

「お前、それで帰って来たのじゃなかったのか」

「なんだよ」

「親父の七回忌だぞ」

わぁっという表情をした弟へ笑った。

「二十日だぞ」

階段を上る足音がして、兄嫁が茶を運んで来た。

「お姑《かあ》さまがね、悠さんも大人になった、黙っていても、ちゃんと法事のことは忘れないで帰って来てくれたって、とても喜んでいらっしゃるわ」

「こいつ、忘れてたんだよ」

兄が片目をつぶった。

「母さんには内緒だよ」

兄嫁が下りて行き、悠は茶碗《ちゃわん》を手にした。

白地の染付のゆったりした茶碗の中に、煎茶《せんちゃ》の色が鮮やかであった。

「日本の茶も旨《うま》いな」

「も、とはなんだ」

「神戸で紅茶の旨いのを飲んだ。インドのアッサム・ミスト」

「アッサムの紅茶は香が薄くて、重たい味がするというだろう」

流石《さすが》に茶商の当主だけあって、紅茶の知識もあるのかと、弟は感心してみせた。

「ところが、アッサム・ミストというのは、ゴールデン・チップスという茶の若芽を多量に使っていて、モルティ・フレーバーという甘い香がするんだそうだ」

「誰からの受け売りだ」

「セイロン亭のメニュウに書いてあった」

「セイロン亭……」

ききとがめた。

「セイロン亭というと、こないだ新聞に出ていた……」

「そうなんだ。殺されたのが、俺の友人のお母さんでね」

「気の毒だったな」

世の中、だんだんぶっそうになって来たから、お前も気をつけろ、と三つ年上の兄が分別くさいことをいった。

「セイロン亭というと、セイロンの紅茶か」

「セイロンのもインドのも、この節は中国の紅茶も飲ませるそうだ」

「飲ませる……?」

「喫茶店だよ」

「茶葉を扱っている店じゃないのか」

「紅茶の輸入は、親類がやっている」

兄の久志がゆっくりうなずいた。

セイロン亭のことは、夕食の時、再び、話題に上った。

「お金めあての強盗だったんでしょう」

兄嫁もそのニュースを知っていた。

「テレビで家が映ったけど、立派なお屋敷みたいだったわ」

「北野の異人館の奥のほうにあるんだ。英国風の洋館で、古い建物だけあってがっしりしているよ」

なりゆきで、悠は高見沢邸の説明をすることになった。

先週、取材に行って泊めてもらったばかりだというと、八歳の姪までが目を丸くした。

兄夫婦の二人ある子供《うち》の中の、姉のほうである。

「叔父さんが泊った時でなくてよかったわね」

といわれて、悠は苦笑した。

「叔父さんが泊ってりゃ、泥棒《どろぼう》なんぞとっつかまえてやったさ」

母の彰子《あきこ》が三十なかばの息子を、子供のように叱《しか》りつけた。

「生兵法《なまびょうほう》は怪我《けが》のもとというでしょうが。近頃の泥棒はすぐ刃物を出したり、ピストルを持っていたりするのだから……」

「セイロン亭の女社長は刺されたのか」

と兄が訊いた。こちらはあまり熱心に新聞記事を読んでいなかったとみえる。

「鈍器でなぐられたようだと書いてあったよ」

「鈍器って、なに……」

「さあ、知らない」

そのことに関しては、清一郎にも星子にも訊かなかった。

殺された人間の身近な人に訊くには、むごすぎる気がした。

「神戸の異人館通りというのは、外人さんの住んでいた洋館を観光名所にしている所なんでしょう」

兄嫁はそれをテレビドラマでみたといった。

「ディズニーランドみたいに、ずらりと洋館が並んでいて、見物させるんですか」

「普通の住宅地ですよ」

要するに神戸の山手の高級住宅地で、明治以来、外国人が多く居住した、と、悠は説明した。

「その洋館のいくつかを観光名所にしているので、全部がそうなってるわけじゃない。現在も居住している人がいる所もあるんだし」

「セイロン亭の洋館も、昔は外国人が住んでいたんですか」

「それは聞いてないが……」

しかし、建物もその内部も、外国人が居住するにふさわしい造りではあった。洋風な生活に馴れて来た日本人だが、まだ靴のまま部屋へ上るという家は、そう多くはなかろう。

「紅茶だのコーヒーが流行《はや》って、あげくが烏龍茶《ウーロン》じゃないの。日本のお茶はただで、コーヒー、紅茶が五百円だなんて、可笑しいわよ」

突然、母がいつもの苦情をいい出した。

「紅茶だって、中国茶だって、茶葉は日本のお茶と同じものなのだから……」

「日本のお茶だって値段はあるでしょう。玉露なんか高いし……」

「お鮨《すし》屋さんのお茶はただですよ。レストランで食事にコーヒー飲んだら、ただじゃありませんからね」

「お母さん……」

久志が制した。

「そんなことより、法事の段取りを悠に説明しておかないと……」

夕食のお喋りはそこで終った。

やがて、母が二人の孫を風呂に入れる。

兄弟は兄の書斎に移ってウィスキーの水割を飲んでいた。

この家では、ここだけが洋間であった。

壁面はつくりつけの書棚になっていて、古い書籍がぎっしり並んでいる。

主に亡父の蔵書で、日本の茶業史に関するものが多かった。

「近頃、商売のほうはどう」

ふと訊いてみたのは、母の愚痴が気になっていたからである。

「まあまあだよ」

静華堂のような茶の老舗の中でも、最近の中国茶ブームで、缶入りの中国茶を売り出したところもあるが、この兄の経営は保守的であった。

「日本人が日本茶を飲まないことはないだろうからね」

楽観的な弟に、兄は軽く眉を寄せた。

「そうともいえん。都会の若い連中には、買ってまで日本茶を飲まんというのが増えているらしい」

スーパーでペットボトルに入った烏龍茶などを買って来て済ませてしまう。

「朝はコーヒーでいいわけだ」

「高くつくな」

「お前だって似たりよったりだろう」

「俺は母さんがうちの茶を送ってくれるから……」

「自分では買わんだろうが」

「間に合ってるからね」

久志が書棚の古ぼけた本を見渡した。

「商売をやっていれば、いろいろあるからね。この静華堂の歴史の中にも、茶葉を多く買いつけすぎて困った時、外国に売って助かったなどという話もある」

「外国に売るって、日本茶をかい」

「お前、なんにも知らないんだな」

書棚の中から一冊を抜き取った。

「幕末から明治にかけて、日本の茶がアメリカへ輸出されていたんだよ」

「紅茶か」

「いや、グリーン茶、いわゆる日本茶だ。日本で紅茶が作られるようになったのは明治になってからだよ。具体的には明治三十二年に三井合名会社が台湾に茶畑を作って、本格的な紅茶作りに取りかかったのが日本の紅茶の最初ということになっている」

それとは別に、イギリスのリプトンが日本から茶葉を買いつけたこともある。

「もっとも、量からいえば、ごく僅《わず》かだが、リプトンじゃ、日本の粉茶からヒントを得て、香や味を研究したという話もあるそうだ」

急に久志が黙った。

手にした本を何枚かめくってみて、あきらめたように書棚に戻す。

「実は、さっきから気になっていたんだがね。静華堂が昔、取引のあった茶商で、イギリス人の仲買人がいたらしい」

以前、静華堂の古い資料を整理した時に読んだ記憶があるといった。

「そいつが神戸に住んでいて、家が、たしかセイロン……セイロンハウスだったか」

「兄さん……」

悠が叫んだ。

「その資料、どこにある」

「処分したよ。父さんが死んだあと、茶箱に三杯ぐらいあったのを、焼いた」

亡父は学者タイプの人間だった。

商売の傍《かたわら》、茶の歴史や静岡の茶業について資料を集め、時折、茶業組合のパンフレットなどに寄稿していた。

だが、その父は六年前に病歿《びょうぼつ》している。

翌日、念のためにと、悠は終日、兄の書斎の本を開け、資料らしいものをめくってみたが、兄の話のようなことが出ているのはみつからなかった。

「イギリス人の仲買人で、神戸の家がセイロンハウスだよ。それだけは間違いない」

と兄は断言したが、それがいつのことか、当時の住所と仲買人の姓名もわからない。

亡父の法事をすませて、悠は東京へ帰った。

クリスマス・イヴに、女の声で電話があった。

「神戸の高見沢家でお目にかかりました……」

といわれて、一瞬、矢部悠は、星子かと錯覚した。

「稲村公子でございます」

しっとりと、落着いた声であった。

「只今《ただいま》、日比谷に居りますのですが、お目にかかれますでしょうか」

といわれて、矢部は慌てた。

部屋の中は、到底、女性を迎えられる状態ではない。

それに、時刻は午後六時に近い。

「よろしかったら、食事でも如何《いかが》ですか」

とりあえずの返事だったのに、

「それでは、お言葉に甘えまして……」

と応じて来た。

「今から迎えに行きます」

東京会館のロビイで待つという返事をきいて受話器をおいた。

改めて電話番号を叩いたのは、行きつけのイタリアンレストランである。

「悠さんか、殺生《せっしょう》だね。今日、なんの日か知ってるんでしょう。ま、いいか、どうにかしますよ」

やけくそのようなシェフの返事をきいてからガレージへ行って車を出した。

車のエンジンをかけてから、ワイシャツのボタンをとめ、ネクタイを締め、上着に袖《そで》を通す。

混雑する原宿通りを避け、代々木のほうを迂回したのが当って、日比谷まで三十分そこそこで着いた。

東京会館のロビイも着飾った人々で賑《にぎ》やかであった。

稲村公子は、そうした人々の中でも目立った。

はっきりした容貌が化粧映えして、着こなしは一流のマヌカンのようである。

「広尾のほうなので……」

挨拶もそこそこに、公子を助手席に乗せた。

「突然に、申しわけありません」

はきはきした口吻《くちぶり》であやまった。

「なにか、御予定があったのでは……」

「いや、ちょっとした原稿を書いていただけです」

広尾から霞町《かすみちょう》へ出て来る道ばたに車を停《と》めた。

「二、三分歩いて下さい」

夜は比較的、暖かであった。

レストランのドアを入ると、オーナーシェフが笑いながら出迎えてくれた。

「すみっこで、我慢してね」

小さなテーブルが一つ、確保されている。

その他は満席であった。

「今日、クリスマス・イヴだったんですね」

席へついてから、公子が呟《つぶや》くようにいった。

「私、東京会館に入ってから気がつきました」

とすると、それまで、ぼんやりしていたということなのか。

「東京へは……」

「さっき、着いたばかりです」

食前酒が運ばれて、軽くグラスを合せたが、おめでとうとはいいかねた。

「失礼ですが、芦屋にフランス料理のレストランをやっていらしたでしょう」

今夜はかき入れ時ではなかったかと気がついた。

「今週に入って、ずっと閉めて居ります」

固い声であった。

「セイロン亭も、開けて居りません」

「どうしてですか」

まさか、借金でとは思えなかった。

「とても開けられないのです。噂がどんどん大きくなって……清一郎さんもノイローゼ気味ですし……」

「噂というと……」

公子が正面から矢部をみつめた。

うっかりすると吸い込まれそうな目の色である。

「清一郎さん、矢部さんに何も……」

「ええ、なにも……」

通夜の日から連絡はなかった。

「噂が大きくなったというのは、いったい、どういう噂なのですか」

公子が目をつぶり、グラスの酒を飲んだ。

「先に申します。私はそんな噂を信じていません、絶対に違います」

矢部は近くのテーブルを気にした。

客は各々《おのおの》の会話に熱中していて、他人のテーブルの話し声に耳をすましている様子はなかった。

「稲村さん」

声を低くして、矢部はうながした。

「噂とは、なんです」

公子がうつむいて、小さくいった。

「伯母を殺したのは……清一郎さんだという……」

なにも知らないシェフがアンティパストの皿を二つ、笑顔でテーブルの上においた。

「珍しいな、悠さんが女の人とクリスマス・イヴだなんて……」

品のいいクリスマスツリーの電飾が矢部の目の中で点滅した。

E

クリスマス・イヴの夜、イタリアンレストランで、若い男女が向い合って食事をしながら、殺人事件の話をしているというのは異様なことに違いなかった。

勿論、まわりの客も、料理を運んでくれたこの店のシェフも、まるで気がついていない。

さりげなく、矢部悠はガヤの白ワインを稲村公子のグラスに注《つ》いだ。

「ガイ・アンド・レイというんです。このワインのオーナーの娘さんの名前がガイ、お母さんの名前がレイなんだそうですよ」

公子は白ワインを口にふくんだ。

改めてグラスに顔を近づける。

「いい香りですのね。イタリアンワインにしては随分、こくのあるしっかりした味がします」

「稲村さんは、ワインにくわしいのでしょうね」

フランス料理の店を持っているくらいである。

「全然、素人です。殁《なくな》られた清一郎さんのお父様はワイン通でしたけれど……」

「そういえば、高見沢邸にはワインのカーヴがあるそうですね」

「こないだ、お出《い》でになった時、清一郎さんが御案内しませんでしたの」

「残念ながら、拝見しそこないました」

「今度、お出でになったら、是非、ごらん下さい。年代物のポートもですけれど、ボルドーのいいものが、かなり集められています」

公子の表情がやや落ちついたのをみて、矢部は、話を前へひき戻した。

「それにしても、清一郎君が疑われるというのは心外ですね」

「矢部さんだって、お信じになりませんでしょう」

「無論ですよ」

新しく運ばれたパスタをフォークに巻きつけながら、矢部は力強く応じた。

「第一、なにを根拠に、彼が犯人だなんて噂が立てられたんですか」

公子がワイングラスを手にしたまま、答えた。

「殺された伯母が、私と清一郎さんの結婚をのぞんでいたこと、矢部さんも御存じでしたでしょう」

「ええ、いつぞや、取材でお邪魔した時、うかがいました」

「でも、清一郎さんには好きな人がいるんです」

矢部は黙っていた。

そのことは、この前、清一郎から打ちあけられていた。

林原星子と結婚したいが、母の隆子が反対していると。しかし、そのことを今、公子の前で口にするほど、矢部は無神経ではなかった。

「しかし、単に結婚に反対されたからといって親を殺しますか。親の権力が絶大だった時代ならともかく、現代は誰が反対しようとも、当人同士がその気になったら、止めることは出来ないでしょう」

　高見沢隆子が、清一郎と林原星子の結婚に反対したとしても、二人を拘束する力はなかった。

　稲村公子が思い切ったように目をあげて、矢部をみつめた。

「どなたにもおっしゃらないで下さい。伯母様は、清一郎さんに、もし、私と結婚しなければ、高見沢家の財産は一切、ゆずらない、セイロン亭の経営からもはずすと……」

「そんなことを、いつ……」

「十一日の夜です」

　そういえば、矢部達が高見沢家を取材して帰京した日の夜、清一郎は義理の母である隆子と口論したといっていた。

「その時、稲村さんは……」

「芦屋の店へ行って居りまして、存じませんでした。ただ、翌日、伯母からはっきりいわれました。あんたも清一郎と夫婦にならんのやったら、この家には置かん。芦屋の店のマネージャーもやめてもらう、と……」

「伯母さんは……」

　矢部は小さな溜息《ためいき》をついた。

「なにがなんでも、あなたと清一郎君を一緒にしたかったみたいですね」

「伯母は血にこだわる人だったんです。高見沢本家の長女として、高見沢の血を守ることに執念を燃やしていたとしか思えません」

憂鬱《ゆううつ》そうにワインを飲んだ。

「伯母さんの御兄弟は……」

「私の母だけです」

「失礼ですが、お母様は……」

「多分、歿ったのだと思います」

「多分……」

「もう二十年近くも、音信不通のようです」

伯母から聞いたことだが、と断って、公子はゆっくりフォークを取り上げた。

「私の母は稲村家へ嫁入りして私を産み、間もなく、父ではない男とかけおちしてしまったそうです」

無表情で、公子はうつむいたまま、話した。

「父は私が五歳の時に歿って、私、伯母にひき取られました」

「まるっきり、連絡がないのですか」

「ございません」

「しかし、たとえば、伯母さんのところには連絡が入っていたけれども、伯母さんがあなたには告げなかったとか……」

　小さく、公子がうなずいた。

「それはあったかも知れません。ただ、私は母の顔も知らないんです。母の写真は伯母がみんな焼いてしまったとかで……」

　高見沢隆子という女は随分、過激な性格だったらしいと、矢部は納得した。

　もし、高見沢隆子の死が、強盗殺人ではなく、誰か知り合いの者の犯行だとしたら、それは高見沢隆子の性格に原因があるのではないかとその時の矢部は思った。

「矢部さん」

　公子のしっとりした声が、矢部の思考を途切らせた。

「お願いがございますの」

「なんですか」

　うっかり視線が合って、矢部は柄《がら》にもなくどぎまぎした。

　清楚《せいそ》で、しかも、蠱惑《こわく》的な公子の目が、思いつめたように矢部に注がれている。

「今度のことを、矢部さんに調べて頂けないでしょうか」

　矢部は苦笑した。

「それは警察の仕事ですよ」

「警察は警察です。私の気持としては、ただ警察にまかせっぱなしにしておくのは我慢が出来ないのです」

マスコミに無責任なことを書かれたり、世間の好奇心に弄《もてあそ》ばれるのは、もう沢山だと公子はいった。

「私、真実を知りたいのです」

「しかし、僕は探偵でもないし……」

「お力になって下さいませんか、清一郎さんのお友達として……」

矢部は困惑した。

「友人として出来ることはしたいと思います。ですが、それは事件を解決するというような、大それたことではなくて……」

苦境にある友人の力になれるものなら、なりたいし、彼を勇気づけたいと矢部は率直に答えた。

「それでも、けっこうです。とにかく、神戸へいらして下さい」

食事がすむまでに、なんとなく、矢部は公子のいいなりになっていた。

他人の家の事情もわからず、お節介に首を突っ込むことになりそうだと思ったが、どうにも、公子の申し出から逃げ切れない。

「では、とにかく、清一郎君の様子をみがてら、二、三日中に神戸へうかがいます」

最終の新幹線で帰るという公子を東京駅へ送って、矢部はそう返事をした。

翌日、矢部はテレビ局へ行って、正月用のちょっとした番組に出演し、少々の買い物をしてマンションへ帰って来た。

カメラマンの森山信司から電話があったのは夜であった。

「女房の実家から林檎《りんご》だのなんだの送って来ましてね。少々、おすそわけに持って行きます」

彼が住んでいる公団住宅から矢部のマンションまでは、軽い散歩の距離である。

「こっちから頂きに行こうか」

「わざわざ来てもらうほどのものでもないんですよ。なにせ、我が家は子供がうるさくてお茶一杯、落ちついて飲めませんしね」

待つほどもなく、森山は小型の国産車を運転してやって来た。

「仕事中ですか」

大きな林檎の箱を玄関へ運び入れて訊いた。

中には林檎の他にビニール袋に入った餅《もち》や干柿《ほしがき》、山芋などが入っている。

「いや、急なのは、もうないんだ」

「実は、これを一緒に飲みたいと思いましてね」

山芋のかげから一升瓶《びん》をひっぱり出した。

「地酒ですが、なかなか旨いです」

「そりゃあ、ありがたいな」

どっちみち、森山が来たら飲もうと、テーブルの上にウィスキーだの、おつまみだのを並べていた最中である。

「おもたせで、早速、頂こうか」

向い合って、グラスに酒を注ぎ、乾盃《かんぱい》した。

「矢部さん、正月は静岡ですか」

烏賊《いか》の塩辛へ箸《はし》をのばしながら、森山が訊く。

矢部が返事を迷っていると、

「それとも、美人のガールフレンドとスキーとか」

「おい」

つい、笑った。

「そんなの、いないよ」

「かくしても駄目《だめ》ですよ、凄《すご》い美人とクリスマス・イヴを過ごしたとか……」

矢部は頭へ手をやった。

「随分、情報が早いんだな」

「実は、今日、料理の撮影がありましてね」

女性雑誌がイタリア料理の特集をするので、

「広尾の山岡シェフに会ったんです」

　おそらく、そんな所だろうと矢部も気がついていた。

「残念ながら、ガールフレンドじゃない」

「かくさなくてもいいじゃありませんか」

「森山さんも知ってる人だよ」

「またまた」

「稲村さんが上京して来て、呼び出されたんだ」

「稲村……」

「高見沢家にいただろう」

「稲村公子さんですか」

　気がついたように林檎箱のすみから茶封筒を出して来た。

　中から取り出したのは、この前のセイロン亭を取材した時のスナップであった。

　大きくひきのばしてあるのは、家族全員が並んだ一枚である。

　中央に高見沢隆子、その左隣に清一郎、右隣に稲村公子、背後に分家の高見沢丈治一家が並んでいる。

「この美人が、いったい、なんで上京して来たんですか」

「それが、どうも、おかしな雲行きでね」

清一郎が、隆子殺しの容疑者だというような噂が流れているらしいと話した。

「彼はノイローゼ気味だし、セイロン亭も閉めてしまったそうだ」

公子から聞いたことをざっと話すと、森山は眉をひそめた。

「清一郎さんにアリバイはないんですか」

「それは訊いてないが……」

隆子の死体の第一発見者は稲村公子と新聞には書いてあった。

とすると、清一郎はどこかに出かけていて、公子よりあとに帰宅したに違いない。

「彼は、この前、警察が林原さんを疑っているようなことをいっていた」

林原星子の母の和代は高見沢家のお手伝いで、生きている隆子をみた最後の人間ということになっている。

「そんなことをいい出したら、みんなが容疑者になりますよ」

稲村公子にしても、清一郎と結婚しなければ、無一文で追い出すと、隆子からいい渡されている。

「まあ、殺人ってのは、そう簡単に出来ることでもないからねえ」

清一郎にせよ、公子にせよ、林原和代にせよ、矢部の気持では、その三人の誰もが隆子殺しの犯人とは思いたくない。

「しかし、はずみということはありますね」

森山がいった。

「計画的殺人となると、容易じゃないでしょうが、うっかり、はずみで、となると、これは別でしょう」

「高見沢清一郎は、かっとなる男じゃないよ」

友人のために、矢部は弁護をした。

「あいつは、我々が帰京した夜に、お母さんと口論している。その結果、小父《おじ》さんに忠告されて、暫《しばら》く、その問題には触れないようにしようと決めていたくらいだから……」

「わたしは別に清一郎さんを犯人だなんて考えちゃいませんよ。他のお二人にしたって同様です」

森山が高見沢家の写真をしみじみ眺めた。

「変なものですね。この写真をとった時、元気だった人が、歿《なくな》ってしまったなんて……」

一升酒のあらかたを二人で飲んで、帰りがけに森山が訊いた。

「神戸へいらっしゃるんですか」

「行かないわけにもねえ……」

少からず憂鬱であった。

「稲村公子さんは、清一郎さんが好きなんでしょうね」

森山がいい、おやすみなさい、とドアを閉めた。

稲村公子は清一郎が好きなのだろうといった森山の言葉を、矢部はぼんやり考えていた。

好きでなければ、東京まで来て、矢部に無茶な依頼はするまい。

けれども、清一郎が愛しているのは林原星子であることを、矢部は知っている。

「あいつ、もてるんだな」

いささか忌々《いまいま》しい気持で、矢部はテーブルの上を片づけた。

F

暮も押しつまった二十八日に、矢部悠は神戸へ向った。

正月を故郷で迎える帰省客でさぞかし混むだろうと思ったが、早朝の新幹線は空席があった。

世の中が不景気で旅行を取りやめた人が多いのか、元日が金曜日というのが、まとめて休みを取るには中途半端《はんぱ》なのか、自由業の矢部には見当がつかない。

あらかじめ電話をしておいたので、新神戸駅の改札口に、高見沢清一郎が出迎えていた。

「公子さんが勝手なお願いをしたそうやね」

暮なのに、すまないと頭を下げた清一郎は、この前より痩《や》せて、顔色が悪かった。

「だいぶ、神経的に参っているときいたものだから……もっとも、俺が来てもなんの役にも立たないがね」

矢部は友人をいたわった。

「そんなことはない。おなじ酒を飲んで気をまぎらわすにせよ、一緒に飲んでくれる友人が欲しかったんや」

駐《と》めてあった車に矢部を乗せた。

「店を休んでるそうじゃないか」

「いや、開けた。小父さんに、なまじっか休むから、よけいなことをいわれるんやと叱られたよ」

俺の家でいいか、と念を押して、車を出した。

異人館通りのほうからではなく大きく迂回して、気がつくと見憶《みおぼ》えのある豪壮な高見沢邸の裏門へ着いていた。

清一郎がリモコンを使って門扉を開け、車を入れる。

駐車したところは、建物の裏庭であった。

壁に沿って煉瓦《れんが》の囲いがあり、そこに薪《まき》が積んであるのは暖炉用のものとみえた。

煉瓦の囲いの脇に鉄の扉がある。イギリス風というか、いやに古風な鉄の引き手がついている。

「そこは開かないよ」

車を駐車場に入れた清一郎が一足先に下りて煉瓦のところに立っていた矢部に声をかけた。

勝手口は、裏門へ戻ったところにある。

ポケットからキイホルダーを出して、その中の一つの鍵で清一郎がドアを開けた。

「なにしろ、俺一人や」

先に入った。

勝手口といっても、かなり広い玄関であった。

靴拭《くつふ》きマットが土間にあり、一段上った板の間に、ふみ込み用のカーペットがおいてある。

この前、来て、この家が靴を脱いで上らないことを知っている矢部だったが、やっぱり靴のままというのは、気持がひるむ。

勝手口の玄関のホールからは二つのドアがあった。

右側のドアを開けると台所で、左側のドアは廊下で奥へ続いている。

「昼飯まだやろ」

台所へ入った清一郎が矢部をふりむいた。

「カレーが煮てあるんや」

鍋《なべ》の蓋《ふた》を取って苦笑した。

「味は悪うないで。これでええか」

「上等だよ」

東京では、まず、まともな昼飯なぞ、滅多に食べたことがない。

「ま、こっちへ入って……」

台所を抜け、廊下を通って客間へ行った。

暖炉に火はなかったが、南側のフランス窓から陽が入るので、室内はかなり暖かい。

それでも、清一郎はすぐクリーンヒーターのスイッチを押した。

「まず、お茶を飲もうか」

矢部を案内しておいて、清一郎は台所へとってかえした。

かちゃかちゃと陶器の触れ合う音がする。

矢部はフランス窓を見渡した。

清一郎の話では、隆子を殺害した犯人は、客間のフランス窓を割って侵入したという。

近づいてよくみると、まん中のフランス窓のガラスが新しかった。

この客間は廊下側にドアがある他に、もう一つ、隣のダイニングルームに続くドアがあった。

そして、隆子が殺されていた居間というのはダイニングルームから、やはりドアでつながっていた筈である。

つまり、高見沢家のダイニングルームはドアによって客間にも居間にも行き来が出来るようになっているのを、この前、取材に来た時、矢部は感心して眺めたものである。

ダイニングルームをまん中にして、客間と居間が並ぶ構造は、来客の多い高見沢家にとって、至極《しごく》、便利に違いない。

ポットと紅茶茶碗二組をお盆にのせて、清一郎が戻って来た。

「そこのフランス窓のガラスが割られていたんだよ」

警察の許可をもらって、ガラスをとりかえたといった。

「居間のほうも、カーペットを新しくしてね。それでも、みんな気味悪がって、居間には入りたがらない」

「お手伝いさんはどうしたの」

林原星子の母であった。

「事件以来、警察から事情聴取なんぞ受けてね。だいぶ参ってしもうたようなんで、暫く休んでもろうてる」

「稲村さんは……」

「この家に、二人きりというのもなんやから芦屋の店の二階へ移ったんや」

芦屋のフランスレストランはもともと、個人の住宅を改装したので、二階に住もうと思えば充分、暮せるだけの部屋があるのだと清一郎は説明した。その間に、紅茶ポットからいい香りのお茶が紅茶茶碗に注がれる。

「セイロン・ヌワラエリヤや」

それがセイロン島の中でも、海抜二千メートルといわれるヌワラエリヤの高地で栽培する茶葉で作られた紅茶だと、もう、矢部も承知している。

淡いオレンジ色が、優しい感じであった。

「今夜は芦屋の店へ、君を案内するように、公子さんからいわれているんや」

「あまり、気を使わないでくれ。なんのために来たのかわからなくなる」

「犯人を調べに来たんやろ」

清一郎がお茶を飲みながらずばりといい、矢部は当惑した。

「そんなんじゃないよ」

「調べてくれよ」

案外、真面目《まじめ》ない方であった。

「俺も調べたんやが、お手あげや」

「心当りがあるのか」

「別にないが、お袋さんは人に怨《うら》まれるようなことをいうたり、したりしている」

警察では、強盗説と怨恨《えんこん》説と半々ぐらいらしいといった。

「俺かて、あのお袋には、あまりいい感情を持っとったわけやない」

だからといって、殺しはしないが、と清一郎は紅茶茶碗を手にして立ち上った。

「居間のほう、ちょっと見てみるか」

矢部の返事も聞かず、ダイニングルームのドアを開ける。

已《や》むなく、矢部はその後に続いた。

ダイニングルームを通り抜け、もう一つのドアを開けると居間であった。

たしかに、カーペットは変っていた。

この部屋は、もともと、部屋一杯に敷きつめるのではなくて、板敷のフロアのまん中に既製の絨緞《じゆうたん》をおくという形であった。

「前のは、ペルシャ絨緞だったね」

年代を経た赤の色が、美しかった。

「今度のもペルシャや。品物は前のほうが、ずっと上等やった」

「古いのは、どうした」

「絨緞屋に捨ててもろうた。血のしみ込んだ絨緞なんぞ、むこうも迷惑やったろうが、あんなもん、家においておけんし……」

このあたりや、と無造作に部屋の中央を指した。

黒い革張りのソファのおいてある前であった。

「窓のほうに頭がむいとって、足の先はここらかな」

感じからいうと、窓のほうをむいて立っていたのが、背後からなぐられて倒れたといったふうだと清一郎は無感動に話した。

「傷も、頭の後のほうをやられとった」

「鈍器でなぐられたようだといっていたね」

「警察がそういうたんやけどな」

「兇器《きょうき》は……」

「見当らん。俺がこの部屋へ入った時には、なんにもなかった」

「第一発見者は、稲村さんだね」

「そうや。彼女が帰って来て、居間に電気がついていたんで、お袋さんがまだ起きとると思ってのぞいたんやと……」

「お前は、いつ、帰った」

「十一時半を廻《まわ》っとったと思う。公子さんががたがた慄《ふる》えながら警察に電話しとる最中やった」

その電話は居間のサイドテーブルの上にある。

矢部は清一郎のいった死体の位置を考えていた。

もし、彼のいう通りなら、犯人はこの居間にダイニングルームのほうのドアから入って来て、矢庭《やにわ》に鈍器で隆子の後頭部をなぐりつけたことになる。

何故《なぜ》なら、この居間は角部屋で、隆子のむいていた窓は東側にある。廊下から居間へ通じるドアはその窓のすぐ横だから、もし、侵入者がそっちから入れば被害者は少くとも、そっちへ顔を向けるに違いない。とすれば、犯人が隆子の後頭部を一撃するのは無理であった。

仮に、隆子が逃げ出そうとして、背後から襲われたのなら、死体の位置が変る筈であった。

「行こうか。なんや、食欲がのうなってしもうた」

清一郎が情ない声を出し、ダイニングルームのほうへひき返した。元の客間へ入って、椅子に腰を下し、思い出したように手にしていた紅茶茶碗をテーブルのソーサーの上へ戻す。

「君は、事件の夜、どこへ行っていたんだ」

「大阪のRホテルで知人の結婚式があった」

近頃の披露宴《ひろうえん》は長くて、終ったのが十時近く、

「それから、挨拶して駐車場へ行って車を出して……あとはまっすぐに帰って来た」

きちんと時計をみたわけではなかったが、

「ホテルを出たのは、十時半くらいやったと思う」

その時刻のハイウェイは、いつも通りの混雑だったとつけ加えた。

「途中、寄り道は……」

「そんなこと、するかいな」

「ハイウェイで、なにかなかったのか。途中で事故車をみたとか……」

「あらへん」

大阪から神戸まで、車での時間は曖昧《あいまい》であった。

渋滞すれば一時間以上かかるし、そうでなければ、その三分の二で来ることもあるだろう。

「とにかく、俺にアリバイはないのや。けど、公子さんかて、あらへん」

芦屋の店を出たのが十一時近かったといっているが、目撃者はいないのだと清一郎はぼそぼそした調子で告げた。

「店が終ったのが、九時半近くで、従業員は最後に帰った者が十時すぎやったというて居《お》る。公子さんはその時、レジの金を調べていたそうや」

矢部は黙っていた。

迂闊なことはいえない。

「警察の話やと、死体の様子からいうて、お袋さんが死んだのは十一時前後らしい」

思わず、矢部は友人の顔をみた。

「だったら、林原さんのお母さんにはアリバイがあるだろう」

星子の話だと、その夜、十時前に帰宅した時、母親はもうアパートにいたといった。

「それが、あかん」

「なんで……」

「星子のお袋さんな、星子と食事したあとに銭湯に出かけとるんや」

たまたま、アパートの風呂のガスの具合が悪く、修理に来る筈がなかなか来てもらえないでいた。

「星子は行かなかったんやけど、和代さんのほうは三十分もかかるところにある風呂屋へ行って居《お》るんや」

星子母子《おやこ》のアパートと、この高見沢邸とは歩いて十分ばかりであった。

「だが、銭湯で誰かに会っていないのか、例えば、番台の人がおぼえているとか……」

「普段は行かない風呂屋や。なじみやないし、今のところ、アリバイいうほどのアリバイはないようや」

仮に銭湯へ行かなかったとしても、警察は母子が口裏を合せてアリバイを証明しているといいかねないと清一郎は顔をしかめた。

「夫婦や親子の証言いうのは、あまり効力がないそうや」

気を取り直して、清一郎が台所へ行き、矢部も手伝って、二人はカレーで昼食をすませた。

一人暮しの清一郎は、今のところ、食事の支度も洗濯も、自分でやりくりしているという。

「はっきりいって、清さんは、誰を疑っているんだ」

食後に、矢部はまた、その話を蒸し返した。

「和代さんが殺したとは思わないとこの前、いってただろう」

困ったように、清一郎が視線を落した。

「まあね」

「公子さんは、どうなんだ」

「まだ、他にもいるんだよ。アリバイのない人間が……」

「他にも……」

清一郎が目を細くした。

「誰なんだ」

「小父《おじ》さんと、安夫……」

ええっ、と矢部は声を上げた。

清一郎が小父さんと呼ぶのは、高見沢家の分家に当る高見沢丈治であり、安夫はその一人息子であった。

G

夕方になる前に、高見沢清一郎は神戸の元町にあるセイロン亭へ出かけた。今日限りで辞める従業員がいるので、多少の結婚祝を渡してやるのだという。

一人になって、矢部悠は高見沢邸の内外を見て廻った。

「どこでも、好きに調べてくれ」

と清一郎にいわれたからである。

この前、来た時も大きな家だと感心したが、改めて階下の部屋を一つ一つのぞいてみるとイギリスの貴族の館といった風格があった。

中心になっているのは、ダイニングルームを真ん中にした客間と居間だが、その両翼に建物が続いていて、東側はまず書斎があり、隣にある寝室は歿《なくな》った高見沢清行のもので、現在は使われていない。

並んで、もう一つ寝室があった。こちらは高見沢隆子のもので、バスルームと化粧室、納戸がついている。

反対の西側の建物は使用人の部屋だろう。個室が三つ並び、奥の角部屋が稲村公子用であった。

どの部屋もホテルのシングルルームより、やや広い程度だが、稲村公子の部屋だけはコンパクトなバスルームが続いている。

その他には、従業員用だろう、シャワールームと、広すぎるほどのキッチンと、コックの控室まであった。

二階は、ゲストルームと清一郎の居室である。

これだけの豪邸を維持するには、さぞかし金がかかるだろうというのが、矢部の気持であった。

イギリスでは、税金が高くて、元貴族が続々と別荘や館を売りに出していると聞いたことがあったが、日本の固定資産税も相当なものであった。

それにしても、この家はいったい誰の名義になっているのだろうかと、矢部は考えた。

殺された高見沢隆子のものだとすると、莫大《ばくだい》な相続税がかかって来る。

で、五時に清一郎が帰宅した際、そのことを口に出すと、

「セイロン亭のものになっているんや」

という返事であった。

つまり、会社名義のゲストハウスということであった。

「そうでもせんことには、とても、こんな家持って居《お》られんよ」

さあ、飯に行こうと矢部をうながして戸じまりをし、裏口から出た。

車は清一郎が運転して芦屋へ向う。

「星子ちゃん、元気か」

清一郎が元町の店へ行ったのがわかっているので、つい、矢部は訊いた。

「お袋さんが、明日から出て来るそうや。暮の掃除もせんならんし、正月の支度もあると心配しとるらしい」

しかし、喪中の正月であった。

「ほんまいうたら、暮から外国へでも出かけたいところやけど、そうも行かんで……」

稲村公子がマネージャーをしているレストランは、芦屋の高台にあった。

住宅地の中で、清一郎がもともと個人の住宅だったのをレストランにしたといった通り、外観は瀟洒《しょうしゃ》な白い洋館であった。

鉄柵《てつさく》をめぐらした石の門柱に「レストラン・セイロン亭」と彫ったプレートがはめ込んであるだけで、うっかりすると気づかずに通りすぎてしまいそうだ。

門からは花壇を左右にしたアプローチが続いていて玄関にたどりつく。

今は花の季節ではなく、その代りのように玄関の周辺に、シクラメンとポインセチアの鉢《はち》がずらりと並べてあった。

ステンドグラスをはめ込んだドアを清一郎が開けると、

「ようこそ」

黒のシルクジャージィのロングスカートに、グレイのシフォンジョーゼットのブラウスが華やかな稲村公子が出迎えた。

「その節はお世話になりました」

と矢部に挨拶してから、そっと清一郎に、

「須磨から丈治小父様が来ているの」

眉をひそめるようにして告げた。

さりげなく矢部がみていると、清一郎の表情も険悪になった。

「なんやというてるのや」

「それは、じかに聞いて下さいな」

店はほぼ半分ばかりテーブルが埋っていた。

公子が案内したのは中央の暖炉の奥の席で、フランス窓のむこうはテラスになっている。

なんとなく、矢部は神戸の高見沢邸のフランス窓を思い浮べた。

高見沢隆子は居間のフランス窓のほうを向いていて、犯人から後頭部を一撃されて死んでいた。

そして、その犯人が侵入したと思われるのは、客間のフランス窓からであった。

「小父さん、どこや」

「個室のほうに通してあるわ」

小さく、ささやき合って、清一郎は矢部に、

「ちょっと失礼するよって、先に飲んでてくれや」

といい、公子のあとから店の奥のドアへ向って歩いて行った。

黒いシンプルなスーツの給仕人が来た。女性である。

「食前酒に、なにをお持ち致しましょうか」

低いが、よく透《とお》る声であった。

「ドライシェリーを下さい」

「かしこまりました」

どこかでみたようなと思い、矢部はすぐ思い出した。

雑誌の取材で高見沢邸へ来た夜に、デザートのサービスをしたのが彼女であった。

そういえば、あの晩餐は、このレストランのスタッフが高見沢邸へ出張したのだと聞いていた。

ドライシェリーが運ばれた時、矢部は挨拶した。

「この前、お目にかかりましたね」

相手は柔かな微笑で受け止めた。

「はい、清一郎様のお友達でいらっしゃいましょう」

「矢部といいます。矢部悠です。あなたは、この店で働いているんですか」

「デザートを担当させて頂いて居ります」

清一郎の戻って来るのをみて、女は軽くそちらへ会釈をした。

「いつものでよろしゅうございますか」

「いや、ビールをくれ、咽喉《のど》が渇いた」

矢部の向う側にすわった顔が、むっとしている。

「あんなのが来てると知ったら、ここへ来るんやなかったよ」

忌々しげにいい、矢部に頭を下げた。

「すまん」

「なにか、あったのか」

「借金の申し込みや」

いくらかゆとりを取り戻したように、注《つ》がれたばかりのビールを一息に干す。

「全く、こんな時に、ようい うて来るもんや」

渡されたメニュウを睨《にら》むようにみて、

「ここは、ブイヤベースが旨いが……」

と矢部をうながした。

料理のきまったところで清一郎がえらんだのは、コートロティのギガルのワインであった。

注文を眺めていて、矢部はこの友人の気分が良くも悪くも昂《たか》ぶっているような気がした。

清一郎の話によると、隆子が殺害された夜、家族や使用人にアリバイがないのと同じく、須磨に住む高見沢丈治一家は、香港へ旅行中の丈治の妻の要子をのぞいて、やはり、しっかりしたアリバイがないという。

遠慮がちに、矢部が昼間のその話題を蒸し返そうと考えている矢先、当の高見沢丈治が個室から出て来て、清一郎の前に立った。

手にブランディグラスを持っている。顔には明らかな酔いが出ていた。

「清一郎、わしかて、こないな時に、あんたに無理をいうのはすまんことやと思うとる。しかしなあ、ここへ来て、どうにもならんのや。三月までには必ず返す。そやから、今度だけ、助けてもらいたい。この通りや」

流石《さすが》にあたりを憚《はば》かって声は低かったが、唇《くちびる》が震えている。

「何べん、いわれても無理ですよ。社長があんなことになって、セイロン亭がどういう状態かおわかりでしょう。そんな時に会社の金を流用出来るものか」

「会社の金を、どうせいいうてるんやない。あんた個人に頼んどるんや」

「僕に資産はありませんよ」

「あんたはセイロン亭の跡継ぎや、あんたなら銀行かて信用して金を出す」

「小父さんのために借金する義理も理由もないですよ。第一、そんなことをしたら、僕は警察から小父さんと共謀してお袋を殺したと思われかねませんのでね」

「なんやと……」

「警察は知っているんですよ、小父さんがあの日、僕の家へやって来て、お袋と大喧嘩《おおげんか》をして夕方、帰ったと。喧嘩の原因は小父さんの借金の申し込みを、お袋がはねつけたからでしょう」

高見沢丈治の表情がこわばった。

「わしが隆子を殺したとでもいうのんか、わしと隆子は血を分けた従姉弟《いとこ》やで……」

「従姉弟どころか、血を分けた親子でも殺し合いをした事件がありますからね」

「おぼえとれ」

我を忘れたのか、丈治の声が大きくなった。

「お前みたいなもんに、セイロン亭の社長の座は渡さん、高見沢家から追い出してやる」

レストランの中の客がこっちをみて、稲村公子がとんで来た。

「小父さん、今日は帰って下さい。清一郎さんには、あたしが話をします」

背中を押すようにして玄関へ出て行くのを清一郎が苦々しげに見送った。

「失礼だが……」

オードブルの、平目のテリーヌにフォークを入れながら、矢部は訊いた。

「須磨の小父さんは、事業に失敗でもしたのか」

「本業だけに熱中していればいいものを、株だの不動産に手を広げてね、バブルがはじけて借金だらけ、そのくせ、家族が贅沢三昧《ぜいたくざんまい》に暮しているのが七不思議と評判になっているのでね」

それも、セイロン亭の援助をあてにしていたのだと、この年の暮になってわかったといった。

「死んだお袋が調べさせて、はじめて借金の総額が判明してなあ。お袋もあきれ返って相手にしなくなったくらいや」

それが、高見沢家に事件の起った二日前のことで、隆子が電話で丈治に、はっきり、セイロン亭をあてにしては困るといい、取引先の銀行にも、丈治が社長をしている高見沢紅茶研究所との取引停止を報告した。

「それまでは、セイロン亭がバックについていると安心していた連中が驚いて貸金取り立てに動いたので、小父さんが追いつめられたのは事実や」

矢部は黙ってワイングラスに手をのばした。

清一郎の話を聞けば、少くとも、高見沢丈治に、隆子を殺す理由はあったと思えた。

「あの人に、アリバイがないというのは本当なんだね」

改めて訊いた。

「林原さんの話だと、午《ひる》すぎに来て夕方までねばっていたそうや。泣いたり、どなったり、えらいさわぎやったいうのもわかってる。それに、お袋の死体が発見されて、僕が須磨の家へ電話した時、小父さんの家には誰も居らんかったんや」

「警察は、その点を調べたんだろうね」

「小父さんは借金のことで頭に来て、いっそ死んだろかと須磨の海岸をうろうろしていたというたそうや」

倅《せがれ》の安夫は大阪で映画をみて帰ったと供述しているらしいという。

矢部が考えても、それだけではアリバイが成立しないだろうと思えた。

贅沢なフランス料理を食べるにはふさわしくない会話が続いて、漸《ようや》く、ブイヤベースの皿が下げられた時、給仕人が来て、清一郎に電話だと告げた。

彼が立って行くのを待っていたように稲村公子が矢部の傍《そば》に来た。

「清一郎さん、一人暮しで、けっこう不自由して居りましたでしょう」

といわれて、矢部はうっかり、

「しかし、明日から林原さんが来るそうです」

と答えた。

「林原さんが……」

公子の声の調子で、矢部はしまったと思った。

高見沢家のお手伝いの林原和代は、星子の母であった。

公子は清一郎と星子が恋仲であるのを知っているに違いない。

だが、公子はすぐに微笑を取り戻した。

「矢部さんは、暫くこちらにいて下さるのでしょう」

どうぞよろしくと頭を下げられて、矢部は慌てた。

「残念ですが、あまりお役に立てそうもありませんので……」

「そんなことをおっしゃらずに。清一郎さんだって、矢部さんが来て下さって、ほっとしているみたいですし、せめて、お正月は神戸で過ごして下さいな」

「いや……」

「駄目よ。もうお約束しましたから……」

清一郎が戻って来た時、矢部はフランス窓のむこうの夜景をぼんやりみつめていた。

H

高見沢邸へ戻って来たのは、十一時に近かった。

「別に、怖いとか、気味が悪いのとは違うと思うが……。いや、やっぱり、少々、気味が悪いのかも知れん」

ずっと、誘眠剤を使用していると、清一郎は打ちあけた。

「それでも、なかなか眠れんで……しかし、今夜は君がいてくれるから、眠れるだろう」

矢部の目の前で清一郎は薬を二錠、口の中に放《ほう》り込み、水を飲んだ。

階下の灯《ひ》を消し、二階へ上る。

清一郎は突き当りの部屋へ、矢部はこの前も泊めてもらったゲストルームへ入った。

ベッドはカバーをめくると、きちんとシーツがかけられていた。

部屋の暖房を入れておいて、廊下の向い側のバスルームへ行った。

客用のタオルも石鹸《せっけん》も、あるべきところにきちんと用意されている。

バスタブに湯を入れていると、清一郎の部屋のほうから水音が聞えた。

彼の部屋には専用のバスルームがついているようである。

この広すぎる家に男二人というのは、寒々しかった。

もっとも、隆子の生前でも、この家は、夜になると、隆子と清一郎と稲村公子の三人だけになってしまった筈である。

バスルームの灯を消して、矢部は自分の部屋へ戻った。

テーブルの上に、紅茶茶碗と、一人用の紅茶ポットがおいてある。

清一郎が用意してくれたものだと思った。

矢部が湯に入っている中《うち》に運んでくれたのかと、友人のまめな性格が可笑しかった。

だが、その夜の矢部は紅茶よりも冷たいビールが飲みたかった。

このゲストルームには、小さな冷蔵庫が用意されている。この前に来て、それを知っていたので、矢部は新幹線の中で買って来た缶ビールを二個、ここへ着いた時に入れておいた。

で、早速、それを取り出して飲んだ。

ベッドにもぐって、今日の出来事について考えようとしたが、なんの整理も出来ない中にねむくなって枕許《まくらもと》のスタンドのスイッチをひねった。

目がさめたのは、なにかの物音のせいではなかったかと思う。

家の中は暗く、カーテンの下りた窓のむこうも闇であった。

ベッドの中で目をあけて、矢部は耳をすませた。

足音であった。

階段を下りて行く靴の音に違いない。

清一郎が、なにかの用事で階下へ下りたのかと思った。

この家は外国風に家の中でも靴であった。おまけに階段も廊下も木造で、薄いカーペットの敷いてある部分もあるが、それでも靴の音が響く。

足音は階下を歩いているようであった。

やがて、どこかの戸の閉まる気配がしてひっそりとなった。

スタンドを点《つ》け、矢部はサイドテーブルの時計をみた。

午前四時を廻ったところであった。
矢部は起き上った。
はだしのままで、清一郎の部屋のドアの前まで行く。
鼾《いびき》が聞えた。
ひき返して、今度は階段を下りた。
廊下には、一晩中、点けておく電燈《でんとう》が鈍く光っていた。
階下はまっ暗である。
矢部は壁ぎわのスイッチを押した。
廊下がさっと明るくなる。それから玄関と裏口を調べた。どちらも鍵がかかっている。
念のため、一部屋ずつ、電気を点けてのぞいてみた。
家が広いと、こういう時は大変だとつくづく思う。
すべての部屋を点検したが異常はなかった。
すると、あの足音は空耳だったのだろうか。
下手をすると、夢でもみたのかも知れないと腹の中で舌打ちした。
清一郎ではないが、やはり神経が異常になっているのかも知れない。
部屋へ戻ってベッドに入る時、時計をみた。
五時に近い。

一時間も寒い家の中を歩き廻った体は冷え切っていて、なかなか眠りに入れなかった。

突然、ベルの音がした。

はね起きて、矢部はそれが清一郎の部屋だと知った。

走ってドアの前へ立つ。

「清さん」

呼んだが返事がなかった。

ドアのノブに手をかける。錠は下りていなかった。

「清さん、失礼するよ」

大声でどなったが、応答はない。

思い切って、矢部はドアを開けた。

スタンドの灯が点いていた。

点けっぱなしといった感じである。

清一郎はベッドから体をのり出すようにして眠っていた。

「清さん」

肩をつかんで、ゆすってみたが、反応がない。

サイドテーブルには矢部の部屋においてあったと同じように、ポットと紅茶セットの一式がおいてあったが、紅茶茶碗の中には、いくらか紅茶が残っていた。

それらを一瞬の中にみて、矢部は異常を感じ取った。

清一郎の枕許の電話を取り上げて、一一九番を廻す。

矢部は自分の声が上ずっているのを情ないと思った。

連絡がついてから、階下へ下りる。

救急車の来るまでに二度、二階を往復した。

服を着ることに気がついたのは、救急車のサイレンを聞いてからである。

病院へ着いた清一郎は、直ちに胃洗浄を受けた様子であった。

その間に、矢部は係官から尋問を受けた。

住所、姓名、職業にはじまって、清一郎との関係を細かく訊かれる。

途中で矢部は気がついた。

「知らせなけりゃあ……清一郎君の身内がいるんです」

稲村公子のことを係官に説明し、芦屋の「レストラン・セイロン亭」へ連絡をしてもらった。

夜明けの遅い冬の空が、もう白くなっている。

やがて、稲村公子がかけつけて来た。

電話で叩き起されたのだろう。化粧もなく、髪も乱れている。

それでも、稲村公子によって、矢部の身許は一応、確認された。

警察から次々に係官がやって来たのは、清一郎が、先日、事件のあった高見沢家の跡継ぎとわかったからである。

とりあえず提供された院長室で矢部は前とは別の係官の質問を受けた。

すでに朝で、病院の外は車の音がやかましい。

「清一郎さんは、寝る前に薬を飲んでいませんか」

と訊かれて、矢部は、事件以来、眠れないので誘眠剤を常用しているといい、二錠、飲んだ旨《むね》を告げた。

「その薬は、これですか」

係官が出してみせたのは、ここの病院の名前の入った薬袋で、その中に錠剤のパックが入っている。

「多分、それだと思います」

「多分……」

「僕は、彼が薬袋から錠剤を取り出すところはみていないのです。彼が僕にみせたのは、二錠の薬だけで……」

「それが、これと同じだと思うのかね」

「色と形は、そんなものだったと思いますが」

いつの間にか入って来ていた医師がいった。

「昨夜、二錠、飲んだとすると、数は合っています」

清一郎が誘眠剤をもらっていたのは、この病院で、カルテをみると三日前に二十錠、ここの薬局が出している。

「本来なら一錠でよいのですが、高見沢さんは二錠飲まないと効かないというので、二錠までと念を押しておきました」

今、薬袋の中には十四錠残っているので、計算は合うというわけであった。

「他に、この種の薬は渡していませんね」

と係官が念を押し、医師ははっきり否定した。

「すると、彼が紅茶と一緒に飲んだのは、別のものですな」

というのを聞いて、矢部は驚いた。

「清一郎君は、あの二錠の他に、紅茶で誘眠剤を飲んだのですか」

小肥《こぶと》りの、あまり刑事らしくない感じの係官が、目を細くして矢部を眺めた。

「紅茶で、というより、紅茶の中に入っていたというべきですな」

「紅茶の中に……」

「清一郎さんの部屋のサイドテーブルに紅茶茶碗だの、なんだのがおいてあったのは御存じですな」

矢部は無意識にうなずいていた。

「ありました、紅茶ポットと茶碗と……」

「その中に、しこたま入っていたそうですよ」

「なんですって……」

瞬間、頭に浮かんだのは、自分の部屋においてあったポットと紅茶茶碗であった。

刑事が矢部の表情をみて、苦笑した。

「矢部さんは、昨夜、紅茶を飲みましたか」

「いや、飲みません」

「それは、どうしてですか」

「その……紅茶よりビールが飲みたかったので……」

「紅茶は、どなたが用意したのですか」

「知りません。僕が風呂に入って、部屋へ戻って来たら、テーブルの上においてありました」

「清一郎さんの部屋のほうのは……」

「知らないです。彼とは、昨夜、廊下で別れたきりで……」

頭の芯《しん》が痛くなった。

「刑事さん、教えて下さい、僕の部屋にあったポットの紅茶の中にも……」

小肥りの刑事が、軽く顎《あご》を引くようにした。

「もう少しすると、はっきりするでしょうが、どうやら、清一郎さんの部屋に残っていたポットの中身と同じだったようですよ」

それからの時間の経過を、矢部はよく憶《おぼ》えていない。

公子が来て、

「清一郎さん、助かりますって……」

と矢部にすがりついて泣き出したのと、須磨からかけつけて来た高見沢丈治と要子夫妻が病院の廊下で刑事と話しているのと、林原和代と星子がやって来て、公子から清一郎の状態をきいていたのと。

いくらか落ちついたのは、元町のセイロン亭で、星子の運んでくれた紅茶を飲み、ハムサンドを口に入れてからであった。

すでに、二十九日の午後で、アーケードに西陽が当っている。

「なんだか、夢の中にいるみたいだ」

ぽつんと声が出た。

このセイロン亭は、いつも客で混雑しているのに、今日はひどく暇そうであった。

「ここ、何日まで開けるの」

紅茶のお代りを持って来た星子に訊いた。

「明日までの筈ですけれど……」

事実上のオーナーの清一郎が入院してしまった。

「公子さんに相談してみようと思っています」

その公子は、病院で清一郎につき添っている。

「君は、清一郎君に会っていないんだね」

母親と病院へ来たが、病室へは入れてもらえなかった。

「心配だろう」

「でも、公子さんがいますから……」

大丈夫だという意味と、病室へ入れないという意味と両方に取れる。

「ひどいと思います」

急に、矢部の前の椅子に腰かけた。

「誰の仕業か知りませんけど……」

明らかに、清一郎殺害をもくろんだものと思えた。

「俺も巻き添えをくうところだったんだよ」

あまり実感のない言い方だったが、星子はぎくりとしたようであった。

「どうして、矢部さんまで……」

「わからないよ」

とりあえずの腹ごしらえをすませて、病院へ戻ると、公子が待っていた。

「清一郎さんの意識が戻って……少しなら、話が出来るそうです」

慌てて病室へ行った。

ベッドの廻りを、さまざまの最新式器械が取り巻いているような感じであった。

「悠さん……」

矢部をみて、清一郎が弱々しい声で漸くいった。

「無事でよかった……」

「助かって、ほっとしたよ」

ひどく冷たい手を握りしめた。

あの時計のせいだと思った。

清一郎のベッドサイドに目ざまし時計があって、矢部が入って行った時、鳴り続けていた。

矢部が気がついたのは、そのベルの音だったので、さもないと、清一郎は手遅れになった可能性がある。

「清さん、五時に目ざまし時計をセットしたのか」

「そうなんだ、このところ、ジョギングをはじめてね、五時に起きて、メリケンパークまで往復していた」

「そうだったのか」

その目ざまし時計が、清一郎の命を救ったようなものである。

看護婦が来て、矢部は病室から追い払われた。

廊下へ出ると、午前中に会った小肥りの刑事が立っている。

「矢部さんはルポライターだそうで、テレビにも出ていたそうですな」

昨夜、なにか変ったことはなかったかと、改めて訊かれて、矢部は、考え込んだ。

あの、午前四時の階段の足音を、この刑事に話したものかどうか。

廊下を通る看護婦が矢部と刑事のほうへ、好奇心のあふれた視線を送ってくる。なんという年の暮かと思い、矢部は大きく肩を上げて呼吸した。

I

大晦日《おおみそか》に、矢部悠は帰京した。

マンションには、静岡の母が送った正月用の餅の他に、クール宅配便のおせちまでが届いていた。

「今しがた、配達されたんですよ。今朝、矢部さんが今日帰るとお電話を下さったから、あずかっておきましたけど……」

マンションの管理人の奥さんにいわれて、矢部は何度も頭を下げた。

クール宅配便の中には雑煮《ぞうに》に入れる小松菜や人参《にんじん》、里芋、鶏肉《とりにく》まで、全部、下ごしらえをして一つ一つラップに包んでセットされている。

母の愛情なのだろうが、矢部にしてみればいささか、うっとうしい気がしないでもない。

それらは冷蔵庫へ放り込み、近所の蕎麦屋《そばや》で年越し蕎麦を食べる。

一夜あけて、正月になったが、初日の出をおがむつもりもないし、初詣《はつもうで》に行く気もなく、ひたすらベッドにもぐっていた。

神戸の高見沢家で過ごしたのは、たった三日だったが、ひどく疲れたような感じがした。

午後になって、流石に空腹になり、起き出して餅を焼き、雑煮を食べていると電話があった。

「なんだ、いたのか」

兄の声が照れくさそうに、

「母さんが電話してみろとうるさくいうものだから……」

途中から母が代った。

「ちゃんと送ったもの食べてるわね」

「ありがとう。母さんに感謝しつつ、頂いています」

「あんた、口だけうまくなって来たわ」

それでも母は満足そうであった。

「あけましておめでとうございます。今年も元気でいて下さい」

そういわないと、お正月の挨拶は、とどなりつけられるのを心得ているから、いささかくすぐったい声でいった。

「まあ、あんたがお嫁さんもらうまでは、なんとか生きてますよ」

再び、兄が交替した。

「松の内に帰って来るか」

「どうして……」

「いや、どうということじゃないが、東京にいるのか」

「仕事があるからね」

「そうか」

適当に電話を切って、冷えかけた雑煮の傍《そば》へ戻ったとたんに、今度は玄関のブザーが鳴った。

出てみると、カメラマンの森山信司が新聞を手にして立っている。

「下の新聞受けに入っていたんで、てっきり神戸か、静岡かと思ったんですが、管理人が昨日、お帰りだといったもんですからね」

近くの神社へ初詣に行った帰りだという森山から新聞を受け取り、部屋へ通した。

「今まで寝正月をしていたんだ」

「独り者は自由でいいですね」

だが、森山も奥さんが子供をつれて実家へ遊びに出かけたと解放された顔をしている。

冷蔵庫から、おせちの重箱を出し、矢部はウィスキーの瓶《びん》とグラスを並べた。

「神戸、どうでした」

それが訊きたくてやって来たという。早速、矢部は、高見沢清一郎が誘眠剤入りの紅茶を飲んで、危《あや》うく死にかかった件を話した。

「いったい、なんで、そんなことに……」

水割を作りかけていた手を止めて話を聞いていた森山が、驚愕《きょうがく》を漸く声に出した。

「まさか、自殺未遂ってことじゃないんでしょう」

「勿論、そうじゃない」

病院で清一郎が矢部に話したのによると、ポットと紅茶茶碗を用意したのは、清一郎だったという。

「清さんは、いつも、寝る前にお茶を飲む習慣があるそうなんだ。といっても紅茶ではなくてハーブティ、つまりカモミール茶という奴で、イギリス人は風邪をひきそうな時なんかに飲む。体を温めて精神を安定させる薬効があるそうだよ」

それを、清一郎は自分用と矢部の分と支度して、ちょうど矢部がバスルームにいる間にテーブルにおいて行った。

だが、風呂から出た矢部はお茶ではなくビールを飲んだ。

「清一郎さんは飲んだんですか」

と森山が水割に口をつけながら訊いた。

「いつもは風呂上りに飲むのに、あの晩は飲まなかったそうだ。風呂へ入る前に飲んだ誘眠剤が効いて来て、ねむくてたまらず、お茶も飲まずにベッドへもぐり込んだんだが、夜中に目がさめて、咽喉《のど》が渇いてたまらないので、冷えているそのお茶を一杯飲み、またねむってしまったというんだよ」

それが三時すぎのことで、

「僕が目をさましたのが四時だった。誰かが階段を下りて行く靴の音を聞いて、起き上って清さんの部屋の外まで行ってみた」

部屋の中からは、鼾《いびき》が聞えていた。

「それから、念のため階下の部屋を見廻って、自分のベッドへ戻って来て、ねむれないでいたら、清さんの部屋で、ベルの音がした」

それは、清一郎がジョギングをするためにセットしておいた目ざまし時計のベルであった。

「結果からいうと、そのベルの音が清さんの命を救ったようなものなんだ」

矢部が清一郎の部屋へ行き、彼の異常を発見して救急車を呼んだ。

「待って下さいよ」

森山がグラスを持った手で、矢部を制した。

「清一郎さんが三時に飲んだカモミールのお茶に人殺しが出来るほどの誘眠剤が入っていたわけですね」

「そうなんだ」

「もし、そいつを清一郎さんが寝る前に飲んだとしたら、どうなります」

矢部と清一郎が、各々《おのおの》の部屋のベッドに入ったのは十二時前であった。

「危かったかも知れないな」

実際に、清一郎がお茶を飲んだのと、三時間の差がある。

「しかし、どうも合点《がてん》が行かないんだよ」

神戸でさんざん考えたことを、矢部は口に出した。

「森山さんは、誰かが、清さんが風呂に入っている間に、ポットの中に誘眠剤を仕込んだと思いますか」

森山が苦笑した。

「清一郎さんが自分で入れる筈《はず》はないでしょう」

「あの家は、僕と清さんしかいなかったんですよ」

「誰かが忍び込んで……、それしか考えられないと思いますが……」

清一郎自身が入れず、矢部でもないとすると、

「薬が勝手にポットにとび込まない限り……」

矢部はうなずいた。

「僕がバスルームへ行き、その間に清さんが自分のと僕のと、二人分のお茶を各々の部屋へ運んで、それから彼も風呂へ入る」

清一郎の部屋にはバスルームがついているが、

「森山さんも知っているように、ゲストルームのほうは一度、廊下へ出て、向い側のバスルームへ行くことになってますよね」

矢部の風呂は、あまり長くはない。バスタブに湯を満たすのに、二、三分。ざっと洗って湯を落し、シャワーを浴びて、歯をみがいて……。

「十分そこそこじゃないかと思うんだが、その間に二つの部屋のポットに薬を仕込むのって、かなり大変だと思いませんか」

森山が目を丸くした。

「矢部さんのポットにも入っていたんですか」

「ええ。うっかり飲んでいりゃあ、あの世行きだったかも知れません」

絶句して、森山は肩で大きな息をした。

「そりゃあ、矢部さんがいうように、かなり難しいけど、でも、そう考えるしかないでしょう」

清一郎と矢部がぐっすりねむってしまってから、各々の部屋に忍び込んでというのでは、

「もう、お茶を飲んでしまっている可能性が大きいんじゃありませんか」

たまたま、清一郎は誘眠剤が効いて、お茶を飲む暇もなく寝てしまったし、矢部はビールをえらんだ。

けれども、本来、カモミールのお茶は寝る前に飲むために用意された筈だ。

「矢部さん」

森山が気味悪そうにいった。

「あの、高見沢邸ですが、わたしはどこかに秘密のかくれ場所とか、人に知られていない出入口があるような気がするんですがね」

何年か前に、ヨーロッパの貴族の館を撮影しに行ったことがあると、森山はいった。

「その時に、むこうの通訳の人が話してくれたんですが、古い館にはよく壁のむこうにかくし部屋があったり、外と通じている所があるそうで……」

もし、高見沢邸にそういうものがあれば、あらかじめ、人がかくれていて様子をうかがい、僅《わず》かの機会を捕えて、ポットの中に薬を仕込むことも出来なくはないだろうと森

山にいわれて、矢部はあの夜の靴音を思い出した。

矢部と清一郎の他には誰もいない筈のあの夜、靴の音は二階から下へ行き、そして戸の閉まるような物音も聞えた。

「森山さん」

鼻の上に皺《しわ》をよせて、矢部が笑った。

「なんだか、今頃になって怖くなって来ましたよ」

J

七草になる前から、矢部は急にいそがしくなった。

矢部が以前、キャスターをつとめたことのあるテレビ局の人気アナウンサーが急病で降板し、とりあえず、彼が司会役をつとめていたワイド番組に矢部を代役として起用したいという話が舞い込んだからである。

その番組の担当プロデューサーとは、顔なじみでもあり、ギャラが破格であったことも理由になって、矢部は断れなかった。むしろ、喜んで承知したといったほうが正しい。

しかし、週に一回とはいえ、生番組の司会をひき受けると、時間的にはかなりの制約が出来る。

不思議なもので、テレビに顔が出ると、編集者のほうも思い出すのか、ルポの仕事や、旅行記の注文も増えて、矢部は寒い季節をあっという間に通り越した。

静岡から兄の久志が出て来たのは、東京の桜が関西よりも早く開花したとテレビが報道した日の午後であった。

テレビ局から帰って来て、矢部はマンションの玄関に立っている兄を発見した。

「やあ」

と車を下りた弟へ、のんびりと笑いかける表情が死んだ父親にそっくりである。

「いつ来たの」

「茶業組合の集まりが早ように終ったんだ」

「管理人さんに鍵をあけてもらえばよかったのに……」

「そう思っとるところへ、お前が帰って来たんだよ」

このマンションへ兄が来るのは珍しかった。

「来る時は電話してよ。必ず家にいるとは限らないんだから……」

「待ってて帰らんようやったら、雑誌だけおいて行こうと思ってね」

「雑誌……」

「昔の茶業組合の雑誌にお父さんが静岡の茶業史について書いとったろう。それを持っとる人がいたんで、貰《もろ》うて来た」

手さげ鞄の中から、古ぼけた雑誌を数冊取り出した。

「お前、うちの店が昔、取引をしたイギリスの茶商の仲買人のこと、知りたがっていたんじゃないのか」

セイロンハウス、といわれて、矢部はとび上りそうになった。

「出ているの」

「たいしたことじゃないがね」

一冊を取り上げて、ぺらぺらとめくった。几帳面《きちようめん》な兄らしく、ちゃんと赤い付箋《ふせん》がついている。

「ほら、ここだよ」

兄の指したところは、日本から茶葉を買いつけているイギリス人の仲買人についての文章で、静華堂がもっとも親しく、且《か》つ、信用して取引を行ったのは、ハードマン・ブラザ商会で、マーカス・ハードマンとレナード・ハードマンという兄弟が経営者で、殊《こと》に弟のレナード・ハードマンは日本茶に関心が深く、日本人女性と結婚するほどの親日家でもあると紹介していた。

また、ハードマン・ブラザ商会は、セイロン島に茶園を持っていて、セイロン紅茶の日本における市場をほとんど独占している。

それ故《ゆえ》、レナード・ハードマンの神戸の住いは、セイロンハウスと呼ばれていた。

その場所は神戸の山の手で、異人館が多く建ち並び、ベランダからは港を一望出来る風光明媚《めいび》の地である。筆者はかつて、その地を訪ねてみたが、現存している建物のどれが、かつてのセイロンハウスなのか、或《あ》るいはセイロンハウスと呼ばれたレナード・ハードマンの家は、もう跡形もないのか、全く、知ることが出来なかった。

「兄さん……」

雑誌の頁《ページ》から顔を上げて、矢部は叫んだ。

「父さんは、セイロンハウスを調べに行ったことがあったんだね」

「その原稿を書くために行ったんじゃないかな」

雑誌は昭和四十一年の発行になっている。

今から二十七年前というと、兄弟がまだ小学校へ通っている時分であった。

「この雑誌、暫く借りていいかな」

今まで亡父が研究していた静岡の茶業史にまるで関心がなかったのだが、俄《にわ》かに興味が出て、矢部はいった。

「いいとも。どっちみち、もらった雑誌だ」

時計をみた兄に、矢部は夕飯を一緒にしないかと誘った。

テレビのレギュラーに出ていると、文章を書いて稼《かせ》いでいる時とは違って、信じられないくらいに高額の収入がある。

和食がいいだろうと思った弟に、兄はイタ飯《めし》の店へつれて行けといった。

「この節、東京はイタ飯がはやっとるそうじゃないか」

「ティラミスが流行したのは、ひと昔前だよ」

「ティラミスって、なんだ」

「義姉《ねえ》さんに聞いてごらん」

若者の好みはエスニック料理に移っているが、旨いイタリー料理店はあいかわらず繁《はん》昌《じよう》している。

電話で予約を入れてから、矢部は兄を車の助手席に乗せて山手通りを走った。

広尾から仙台坂へ向いながら、昨年のクリスマス・イヴに稲村公子を案内したレストランが近くにあるのを意識した。

そこは、矢部の行きつけのイタリー料理の店であった。

本来なら、当然、兄もその店へつれて行く筈であった。

にもかかわらず、今日、矢部が予約したのは麻布十番《あざぶじゆうばん》に近いビルの三階にある店のほうであった。

そこも料理は旨く、紹介してくれたのがカメラマンの森山だったということもあって、比較的、よく出かけて行く。

けれども、矢部は自分の気持の中に、なんとなく稲村公子と食事をした店を、兄に紹介するのを避けるようなものがあるのに気がついていた。

これといって理由はない。

稲村公子とは、一回、食事をしたぐらいの仲であった。神戸で何回か会っているといっても、こみ入った話をしたのは、東京へ彼女が出て来た時だけといってよい。にもかかわらず、矢部はどうも彼女にこだわっている自分を承知している。その辺が、兄を別のイタリー料理店へ案内した理由だったのかも知れなかった。

小さなビルの三階の小さなレストランだったが、そこも評判の店であった。オーナーシェフの店で、その日の献立は美人の奥さんがアンティパストだけでも十指に余るのを、一つ一つ、丁寧に説明してくれて、客のオーダーに応じてくれる。食事がはじまる前に、矢部はティラミスを少しばかりテイクアウトにしてもらえるかと訊いてみた。

「静岡に、お袋と、兄貴の嫁さんが待っているんでね」

「ちょうどよかった。今日は余分に作ったところでした」

ティラミスがケーキだとわかって、久志は苦笑した。

「そういえば三津子がイタ飯の話をした時に、そんな菓子のことをいってたような気がするよ」

昨年、子供達を連れて浦安のディズニーランドへ遊びに行った時のことだったという。

「あいつ、早く結婚して損をしたというのが最近の口癖でね。娘時代、遊べなかった分をとり返す気で、子供と一緒に遊んでいるんだ」

兄夫婦は十歳の年の差があった。

久志は三十七だが、妻の三津子は二十七になったばかり、しかも二児の母である。

「義姉さんは高校を出て、すぐ嫁に来たんだね」

結婚式の時、兄嫁となった人があまり子供っぽいので戸惑った思い出がある。

「あいつ丙午《ひのえうま》でね。むこうの親が早く嫁にやってしまおうと焦《あせ》ったんだとさ」

丙午の女は夫を食い殺すなどという迷信は当節、誰も信じないのにと、久志は一杯のワインでもう赤くなりながらいった。

「しかし、今でこそ丙午なんぞ、関係ないという御時世になったが、三津子の前の丙午の女は、けっこう苦労したらしいよ」

「義姉さんの前の丙午っていうと、いつ頃なのさ」

「六十年前に決っとるじゃないか。十干《じっかん》と十二支の組合せが一巡するのが六十年、だから、六十歳を還暦という」

お前、キャスターだかレポーターだかやっとって、そんなことも知らんのかといわれて、矢部は手を振った。

「還暦ぐらいは知ってるよ。ちょっと、うっかりしたんだ」

六十年前の丙午の女性というと、

「今、八十七歳か」

「明治生まれだからね。まだまだ、迷信がまかり通っていたのだろう」

料理が運ばれて来て、その話はそこでお終《しま》いになったのだが、あとで考えると、この時の兄との会話が矢部にとっては、重大なヒントになった。

食事をすませ、兄を東京駅へ送って、矢部がマンションへ帰って来ると、森山から電話が入った。

「急に入った仕事なんですがね、神戸の異人館を撮影に行くんですよ。婦人雑誌が特集を組むんで……ついでといってはなんですが、高見沢さんの家ものぞいて来ようと思っています」

森山の声が笑いを含んでいたので、矢部はいった。

「まさか、清さんの家の秘密の部屋を探そうというのじゃないだろうね」

「みつかったら、たいしたものですがね」

「清さんに会ったら、よろしくいってくれ」

あの事件以来、神戸へ行ってなかった。

清一郎はとっくに退院して、セイロン亭のオーナーとして元気にやっていると連絡があった。

「君が、あの晩、カモミール茶を飲まなくて本当によかった」

と清一郎は繰り返したが、矢部はどうも、すっきりしなかった。

森山は清一郎でも矢部でもない第三者が、カモミール茶の中に誘眠剤を仕込んだという、清一郎もそう考えているらしいが、矢部には、信じ切れないものがある。

よもや、清一郎が矢部を殺すとは思えないが、クリスマス・イヴの夜、稲村公子が話したことによると、清一郎は母親殺しの嫌疑を受けていてノイローゼ気味だったという。

実際、矢部が訪ねて行った時も、清一郎は憔悴《しょうすい》していて、眠れないと訴えていた。

神経に異常を来たした人間は、何をしでかすかわからない。

あの晩、清一郎が発作的にポットの中に誘眠剤を入れなかったといい切れない所が、矢部の憂鬱《ゆううつ》であった。

病院で矢部にしつっこく質問した刑事も、矢部に清一郎を殺す理由が全くないとわかってからは、清一郎自身の犯行ではないかと考えていた。

なんにしても、矢部にとって今のところ、神戸は鬼門であった。

他人の家のトラブルにうっかり首を突っ込んで殺されてはかなわない。

で、当分の間、高見沢家を訪問する気も、清一郎に会うつもりもなかった。

その夜、矢部は兄がおいて行った雑誌をざっとめくってみた。

この茶業組合のPR誌は季刊で、セイロンハウスの主人、レナード・ハードマンと、その兄のマーカス・ハードマンの経営するハードマン・ブラザ商会のことが書いてあるのは昭和四十一年の秋号であった。

他の三冊は、昭和四十一年の春号と夏号、それに、昭和四十二年の夏号である。

父の矢部要《かなめ》はかなり長期にわたって連載していたらしく、昭和四十一年の秋号が十二回目で、四十二年の夏号をみると十五回になっている。

つまり、十三回と十四回の分が抜けていた。

十回と十一回の分には、主として幕末から明治にかけて外国へ日本の茶葉が輸出された記録が紹介されている。

そして十五回目になると、内容ががらりと変って中国の雲南省の茶の栽培について書かれていた。

十二回のハードマン・ブラザ商会に関する記述は明らかに途中で終っていて、その続きは十三回、更に十四回にも書き継がれている感じである。

となると、矢部としては十三回と十四回が是非とも読みたくなる。

時間をみはからって、矢部は静岡へ電話をした。

兄の久志は帰っていて、入浴中だと母の彰子がいった。

「兄さんにいってよ。今日、僕が借りた雑誌の、昭和四十一年の冬号と、その次の春号を探してもらいたいって……父さんの原稿でいうと十三回と十四回の分が載っているんだ」

電話口で母がメモをするのを確認して、矢部は受話器をおいた。

一週間が過ぎた。

森山信司の妻の加奈江《かなえ》が矢部を訪ねて来た。

『花時計』という婦人雑誌の編集長と女性記者が同行している。

「矢部さんは、森山カメラマンから神戸の仕事について、なにか聞いていらっしゃいませんか」

秋山という女性の編集長から訊かれて、矢部は悪い予感がした。

「神戸の異人館の撮影に行くという話を聞きましたが……」

「それは、うちが依頼した仕事なんです。さまざまの異人館の外観や家の中の写真を撮って、その家の歴史や住んでいる人の話を特集するもので、うちの井上三佐子と一緒に月曜日に神戸へ参りました」

井上と呼ばれた記者は、二十五、六だろう、記者としては新人のほうで、編集長の言葉に、ただ、うなずくだけである。

「井上の話ですと、月、火、水と三日間の予定を終えて、水曜の夕方、井上だけが帰京しました」

漸《ようや》く、井上三佐子が口を開いた。

「あの、森山さんは、ちょっと知り合いの所へ寄って帰るからといわれまして……」

矢部が、森山加奈江をみた。

「森山君は、まだ帰らないんですか」

蒼《あお》ざめている加奈江が、かすれた声で答えた。

「帰りません。電話もないんです」

もっとも、森山は仕事で出かけると、滅多に家へ電話をすることはない。

「でも、月曜の朝、家を出る時、遅くとも、木曜には帰ると申しました」

それが、木曜どころか金曜、土曜と過ぎても、なんの音沙汰《おとさた》もない。

「それで、編集長さんに電話を致しまして」

一緒に出かけた井上三佐子が水曜に帰京していることを知って、不安が濃くなった。

「矢部さんに、神戸の仕事のあと、どこかへ寄るようなことを申して居りませんでしょうか」

「それは、聞いていませんが……」

ふと、森山の電話を思い出した。

冗談のようだったが、高見沢家のことをいっていた。

井上三佐子と別れた後、森山は高見沢家を訪問したのではないかと思う。

「ちょっと待って下さい。神戸には僕の友人がいます。以前、森山君と一緒に、仕事でその家を訪ねたことがありますので……」

電話をしてみます、といい、高見沢家の番号を叩いた。

受話器の中に聞えて来たのは、この番号は只今《ただいま》、使われて居りません、という電話局の返事であった。

番号を間違えたのかと、もう一度かけ直したが、やはり、同じであった。

矢部は、次に元町のセイロン亭の電話番号を問い合せ、そっちへかけてみた。

電話口には男の声が出た。

「東京の矢部といいます。そちらに林原星子さんはいらっしゃいますか」

少々、お待ち下さい、といい、間もなく、聞きおぼえのある林原星子の声が、もしもしと応じた。

「実は、今、清一郎君の家へ電話をしたんですが、使われていないといわれてしまって……」

矢部の言葉に、星子がああ、と軽く息をついた。

「社長は今、あちらにお住いではありません。御影《みかげ》のほうのマンションへ移られました」

「いつです」

「一月の……なかばだったと思います」

「そっちの電話番号、わかりますか」

僅かの間、待たされて、星子は、はきはきと数字を並べた。

「でも、この時間だと、いらっしゃるかどうか」

「わかりました。それで、前の高見沢邸にはどなたか留守番の方はいらっしゃらないのですか」

誰も居りません、と星子が答えた。

「稲村公子さんは、ずっと芦屋ですし……」

星子の語尾が細くなり、矢部は、どうもお手数をかけました、と電話を切った。

改めて、星子から教えられた番号をかけてみたが、やはり留守のようであった。

「夜に、また電話をして訊いてみますが、一月のなかばから高見沢邸には誰もいなかったようなので……」

もし、森山が訪ねて行っても門の内へ入れなかったと思うと、矢部はいった。

当然のことながら、森山が高見沢邸へ滞在している可能性もなくなった。

森山加奈江が『花時計』の編集長や井上三佐子と帰ってから、矢部は気がついて名刺入れを探した。

昨年の暮に、清一郎と芦屋の「レストラン・セイロン亭」へ行った時に、入口においてあった店の名刺を一枚もらって来たのを思い出したからである。

電話に出たのは女性で、その女性が公子を呼びに行っているのを待つ間に、矢部は彼女がセイロン亭でデザートを担当している長田という女性ではなかったかと気がついた。

「もしもし、矢部さん、随分、御活躍のようですのね。時々、テレビを拝見しています」

稲村公子のしっとりした声は如何《いか》にもなつかしげで、矢部はいささか胸が躍った。

「カメラマンの森山さん、いつぞや、矢部さんと一緒にいらした……いえ、あれっきりお目にはかかっていません。清一郎さんからも別に……なにも聞いていませんけど……」

不思議そうな相手に、矢部は慌《あわ》てて電話を切った。

森山が帰らない、と聞いた時の悪い予感がどんどん濃くなっていた。

K

家族から警察に、家出人捜索願いが出されたまま、カメラマンの森山信司の行方は全くわからないままに日が経《た》った。

矢部悠は、林原星子に教えてもらった御影のマンションへ何度か電話をして、漸く高見沢清一郎とコンタクトが取れたが、

「いや、森山さんから電話があったということはないよ。僕は一月なかばから、このマンションへひっ越して、あの家は無人なんだ。会社にも聞いたが、森山さんから連絡があったとは、誰もきいていないし……」

森山が神戸へ来て、高見沢家を訪ねると、矢部に話したのかと逆に訊かれた。

「いや、別に、そうはいってない。ただ、彼は仕事で神戸の異人館を撮りに行ったので、

ひょっとして、君の家へも寄ったんじゃないかと思ったから……」

高見沢家は、異人館で有名な北野町の中でも、屈指の豪邸であり、現在も個人の住宅として非公開であった。カメラマンとしては、レンズを向けたくなる被写体だからと、矢部は弁解した。

冗談にもせよ、高見沢邸に秘密の部屋とか出入口があるのではないかと、森山が気にしていたとは、いくら友人でもいい難《にく》い。

「まあ、玄関や窓は防犯上、閉めてあるが、もし、どこかのり越えて入って来れば、庭には入れるかも知れないが……」

念のため、明日にでも家の内外を調べてみると清一郎はいい、翌日の午後に、彼のほうから電話をくれた。

「北野町の家へ行ってみたが、これといって異状はなかったよ」

鍵をこじあけたようなところもなかったし、庭に足跡もみえなかったと知らせてくれた。

もっとも、神戸はこのところ、雨天が続いているので、仮に足跡があったとしても雨水が消してしまっているかも知れない。

なんにしても、清一郎から、そういわれれば、矢部は礼をいうしかない。

「森山さんからは、まだ連絡はないのかね」

清一郎の口調も心配そうであった。

「一度しか会ってないが、あの人は、女とどこかにしけこんで、という感じじゃなかったね」

「それはないと思うよ」

仕事柄《がら》、そう家庭サービスのいい男ではなかったが、女房や子供に対して不実な人間とは思えない。

矢部が知る限り、森山は仕事熱心な典型的日本人のタイプだった。

家が近いこともあって、矢部はしばしば、森山の家へ見舞旁《かたがた》、様子を聞きに寄った。

彼の住いは小田急線の参宮橋駅に比較的近い公団住宅である。

「いつも、気にかけて下さって、すみません」

矢部が手土産に持って行ったケーキの箱を受け取って、妻の加奈江はやつれた顔で礼をいった。

「子供のためにも、私がしっかりしていなければと……」

なるべく、悪いほうへは想像をめぐらさないようにと努力しているといった。

「無事で帰って来てくれることを、僕も祈っています」

そんなことしかいえなくて、矢部は暗い気持で背を向けた。

森山信司の失踪《しっそう》とセイロン亭とは無関係とは思うものの、心のどこかに澱《おり》がたまったような感じが拭《ぬぐ》い切れない。

どっちにしても、仕事の暇をみつけて神戸まで出かけようと、矢部は考えていた。月のなかばに、矢部は自分がレギュラーをつとめているテレビ番組で、京都の桜を取材に出かけた。

今年は花時になって急に気温の低い日が続いて、関西も関東も、桜が二、三分咲きで愚図愚図した。その分、花見の期間が長くなる。

京都は、木屋町《きやまち》や八坂神社、嵐山《あらしやま》などは満開だったが、平安神宮の紅枝垂《べにしだれ》はまだ三分咲き、天気があまりよくないせいもあって、観光客の表情まで寒々としていた。

京都からの中継を終えて、矢部はゲスト出演した女優の皆口美子《よしこ》とそのマネージャーに誘われて、木屋町の鮨屋《すし》へ行った。

カウンターをめぐらした上品な店で、鮨の他に本格的な日本料理も出す。殊《こと》に評判なのは、最後に京風の漬《つ》け物を具にした鮨を五、六種類並べることであった。さっぱりして、如何にも京都風である。

矢部がちょっと驚いたのは、奥にいた先客であった。

昨年の暮、殺されたセイロン亭の女社長高見沢隆子の従弟《いとこ》に当る、高見沢丈治で、連れの女性は、どうやら水商売といった感じであった。

丈治が、矢部にむかって軽く手を上げたので、矢部は傍《そば》まで行って挨拶をしたがそれに対する丈治の態度は、かなり尊大であった。

「やあ、その節はどうも……」

隣の女をふりむいて続けた。

「あんた、この二枚目、知っとるか。ルポライターの矢部さんや、本家の清一郎の学友でなあ」

むっとするほど香水の匂いのきつい女が、派手に笑った。

「テレビに出てはるやないの」

「御繁昌で、けっこうですなあ」

矢部は早々に自分の席へ戻った。

肴《さかな》を適当にみつくろってもらってビールを飲んでいると、やがて高見沢丈治は勘定を払って、

「そやったら、矢部さん、お先に……」

女の肩を抱くようにして店を出て行った。

「失礼ですが、矢部さん、今の方を御存じなんですか」

そっと、マネージャーの田中栄一が訊いた。

「あちら、セイロン亭のオーナーの御親類じゃありませんか」

矢部は驚いて、まだ若いマネージャーを眺めた。

「御存じなんですか」

「あの人の息子の、高見沢安夫というのは、N大で一緒だったんですよ。彼は俳優志望で、今はもう解散してありませんが〝青林檎《あおりんご》〟っていうちっぽけな演劇集団に参加していたんです。わたしも一年そこそこでしたが、そこの仲間だったので……その縁で、二、三年前でしたが、安夫君のお父さんの会社が近く売り出す缶紅茶のコマーシャルに、うちの皆口さんをといってきたんです。それで二度ほど、安夫君のお父さんにお会いしたんですが、結局、その商品が立ち消えにでもなったのか、ふっつり、なんにもいって来ませんで……」

最初から調子のよすぎる話だったので、これは危ないと半分、疑ってかかっていたので、別に被害はありませんでした、と笑っている。

「それじゃ、むこうは田中さんを知っていた筈ですね」

しかし、高見沢丈治は矢部には挨拶したが、田中栄一には知らん顔であった。

「栄ちゃんに不義理しているから、きまりが悪くて挨拶出来なかったのね」

皆口美子が苦笑した。

そういうことだと、矢部も高見沢丈治との関係を話さないわけには行かない。

「僕のほうは、セイロン亭の高見沢清一郎と大学が同じだったんですよ。その縁でセイロン亭の取材をさせてもらった時に、分家の当主というんで紹介されましてね」

「その方、殺されたセイロン亭の女社長の息子さんですか」

田中栄一は、高見沢家の殺人事件を知っていた。

もっとも、あの当時は新聞にもテレビのニュースにも出ていたし、高見沢安夫を知っていれば、そのニュースに注目したに違いない。

「清一郎君も気の毒ですよ、お母さんがあんなことになって……」

仕方がないので、矢部はそんなふうな言い方をした。

高見沢隆子は、清一郎の実母ではない。

「あの犯人は挙がったんですか」

田中の問いに、矢部は首を振った。

「いや、まだのようです」

なるべくなら、その話題から遠ざかろうと、矢部はもっぱら食べることに集中したが、田中のほうは、まだ気になるようであった。

「あの人、よく来るの」

と、店の主人に訊いている。

「ええ、まあ、このところ、時々……」

口ごもりながら、主人が答えた。

「一緒の女の人、クラブかなんかの……」

「この先の〝螢《ほたる》〟っていう店のホステスさんですよ。いつも、ご一緒で……」

この店へ高見沢丈治をつれて来たのも、そのホステスだといった。

新しい客が入って来て、田中も流石《さすが》にその話に固執出来なくなった。

ホテルへ帰ってから、矢部は改めて今夜の高見沢丈治について考えた。

彼は仕事で京都へ来ているのだろうかと思う。

高見沢丈治が社長をしている高見沢紅茶研究所というのは、外国からの紅茶の輸入業をしている。

商談があれば、京都へでも来るのだろうが、鮨屋の主人の口ぶりでは、どうも、クラブの女と親しくなって入りびたっている感じであった。

クラブで遊んだり、ホステスと高級鮨屋で食事をしたりするほど、高見沢丈治は景気がよくないのを、矢部は知っている。

少くとも、暮に芦屋の「レストラン・セイロン亭」で清一郎と食事をした時、高見沢丈治は借金だらけで追いつめられた状態にあり、清一郎に援助を求めて断られていた。

あれから三月余りで、彼の事業が突然、好転したとは信じられない。

それとも、清一郎が已《や》むなく救いの手をのべたというのだろうか。

よけいなことだとは思いながらも、結局、矢部は御影の清一郎のマンションへ電話をした。

仕事で京都へ来ているといい、さりげなく、木屋町の鮨屋で高見沢丈治に会ったと告げると、清一郎の声の調子が変った。

「どんな様子だった……」

と訊く。

「どんな、といっても、別に……」

「女と一緒だったのと違うか」

返事をためらった矢部に、

「すまんけど、明日、大阪まで出て来れへんか。何時でもかまへん、時間はあんたに合わす」

強引にいわれて、矢部は断れなかった。

今更ながら、清一郎に電話をしたことを後悔したが、こっちも、未《いま》だに行方の知れない森山カメラマンのことがひっかかっている。

翌日、矢部は京都のホテルをチェックアウトして、京阪電車で大阪へ出た。

約束したホテルのロビイに、清一郎はすでに来ていた。

彼が指定した時刻よりも、二十分近くも早い。

「朝飯、まだや」

少々、情ない声でいった。

矢部も同様である。

コーヒーハウスで、矢部はコーヒーとトーストを、清一郎はトマトジュースにオートミールを注文した。

「早速やが、分家の小父《おじ》さんについては、情報が入っているんや」

京都のクラブのホステスで「るり子」というのと親密になって、先月の末に二人で香港旅行までして来ているという。

「それが、要子小母《おば》さんにばれて、小母さんが俺のところへどなり込んで来た。俺が小父さんに金を渡したと思っとるんや」

「出してないのか」

昨夜は、矢部もそう考えていた。

「十円も出しとらん。こっちはそれどころやない。お袋の相続税のこともあるし、セイロン亭の会社のほうも考えなあかん」

別に経営に問題があるわけではないが、

「お袋がやっているうちは、公私混同の部分があってね、この際、きちんとしとかな、税務署に突つかれる」

「分家のほうが、商売がうまく行って、財政的にらくになったということはないのか」

「億単位の借金があったんやで」

「不動産を処分したとか」

「売れるもんは、みんな抵当に入っとるんや。金が天から降って来んことには、どうもならんと、小父さん自身がいうとった」

「それは、いつのこと……」

「俺が、御影のマンションへ移った時分や」

「債権者のほうは、どうなってるんだ」

清一郎が顔をしかめた。

「それが、よくわからない。公子さんの話だと、腕のいい弁護士が話をつけたらしいというんやけどな」

「分家には、訊いてみたのか」

「金も貸さんくせに、よけいな口出すな、と、ぴっしゃりや」

それでは、矢部にも見当がつかない。

だが、現実に、高見沢丈治は京都のホステスと遊び廻るほど、金まわりがよくなっているらしい。

「分家がなにをしようと、こっちの知ったことやない。そやけど、なんや、気味が悪うてかなわん」

「安夫君は、なにか知っていないのか」

「親父の会社のことは、なにも知らんというとる。大体、あいつは学生時代から遊ぶことばっかりで、小父さんの会社の仕事にも、ノータッチやったから……」

「俳優志望だったそうだね」

昨夜、田中栄一から聞いたばかりであった。

「のらくらする口実や、阿呆《あほ》らしゅうて話にもならん」

朝食は終ったが、話はとりとめがないままである。

矢部にしてみれば、電話で話した以上の情報があるわけではない。

「ところで、悠さんの友達のカメラマンは、どないした」

清一郎のほうから、そのことに触れて来たので、矢部は決心した。

「まだ、行方不明だ」

声をひそめた。

「清さんには、あんまり気持のいい話ではないんだが……」

森山が外国の館などには、外からはわかりにくい秘密のかくし部屋や通路があるという話をしたことを打ちあけた。

「冗談だと思うんだが、清さんの家にも、そんなのがあるんじゃないかとね」

「あの家に、秘密の部屋や通路がね」

あっけにとられ、それから笑い出した。

「ミステリードラマの見過ぎやないか」

「その通りなんだが……」

口ごもった矢部を、清一郎が眺めた。

「悠さんは、森山カメラマンが、誰もいないあの家に忍び込んで、秘密の部屋を発見したが、そこから出られなくなったとでも考えているのんか」

「それこそ、ミステリーの読み過ぎだよな」

清一郎が黙り込んだ。

矢部をみつめていた視線をふと伏せると、勘定書を取った。

「いや、これは僕が……」

慌てていった矢部に、

「俺も気になり出したわ。今から一緒に神戸まで行って、家の中をみてくれんか」

矢部に異存はなかった。

清一郎に頼んで、そうさせてもらいたいと考えていたくらいである。

大阪からは清一郎の車であった。

一時間で、神戸の高見沢邸に到着した。

不思議なもので、住む人がいなくなって数カ月というのに、建物も庭も、なんとなく荒れたような雰囲気《ふんいき》がある。

「悠さんは外廻りをみてくれ、その間に鍵を開けるよって……」

清一郎が玄関のほうへ廻って行き、矢部は建物に沿って歩いた。

この家の間取りは、おおよそ、頭に入っている。

外から一つ一つの部屋を眺め、窓や壁の位置を確認したが、その程度のことで、秘密のかくれ部屋などの見当がつく筈もなかった。

家の中では、清一郎が次々と窓を開けている。

「空気がこもって、饐《す》えたような匂いがしてかなわん」

窓から矢部に告げた。

庭を一巡してから、矢部も玄関を入った。

「いずれは、この家を手放そう思っとるんや」

一つ一つの部屋のドアを開け放ちながら、清一郎がいった。

「勿論、今すぐ売ったら、足許《あしもと》をみられて買い叩かれる。そやから、ほとぼりのさめるのを待たなあかんがね」

殺人のあった家であった。

それに、清一郎自身も殺されかけた。

「警察は、なにかいって来たのか」

「なんにも……お袋のほうは迷宮入りの可能性がある。俺の件はノイローゼの自殺未遂にされそうや」

「自殺未遂……」

「それも、友達を道づれにしてや」

いくらなんでも、ひどすぎると清一郎は力なく呟《つぶや》いた。

「悠さんも、そう思っとるんやないか」

「思わないよ」

そう答えざるを得なかった。

「だから、森山さんじゃないが、どこかに秘密の通路でもあって……」

だが、こうしてこの家の中に立ってみると、そんな空想は、子供だましのようにも思えて来る。

客間の柱時計が十二時を告げていた。

L

北野町の高見沢家を出て、矢部は清一郎と元町のセイロン亭へ行った。

お茶でも飲もうということだったのだが、行ってみると、林原星子の姿がなかった。

「病院へ行っています」

主任だろうか、黒い服の男が、清一郎にいっている。

「星子ちゃん、具合でも悪いのか」

案内された席につきながら、矢部が訊いた。

「お袋さんが入院したんや」

勝手に、セイロン・キャンディを二人前、注文した。

セイロン島の古都、キャンディのあたりで収穫する茶葉を使った紅茶である。

店内を見廻して、矢部は最初に森山カメラマンとセイロン亭の取材に来た時、この店の写真を撮ったのを思い出した。

この前、神戸に来た時、森山はこの店に寄らなかったのだろうか。

そのことをいうと、清一郎が主任を呼んだ。

『花時計』という婦人雑誌の仕事で、森山が神戸へ来ているのは、一応、先月末の月曜から水曜までの三日ということになっている。

「その頃に、中年のカメラマンがこの店に来ませんでしたか。もしかすると、若い女性の編集者と一緒だったかも知れないが……」

主任が首をひねり、他の給仕に訊きに行った。

半月も前のことだし、ただ、中年のカメラマンといっても、店の者にわかるかどうか。

喫茶店へ来る客は、一々、職業を名乗るわけではない。

気がついて、矢部は給仕と話をしている主任の所へ行った。

「そのカメラマンですが、もしかすると、この店の人に、セイロン亭の社長の家、北野町の高見沢邸のことを訊いたかも知れませんが……」

給仕の一人が、ああという顔をした。

「そういえば、あの人は大きなカメラバッグを持っていたから……」

「心当りがありますか」

「僕やないですが、林原さんに、なにか、社長の家のことをいうていたように思います」

「いつですか」

「さあ……」

店のドアが開いて、林原星子が少しばかり息をはずませながら入って来た。

「遅くなってすみません」

と主任に頭を下げて、矢部に気づいた。

「あら……」

清一郎が立って来た。

「すまんが、ちょっとむこうで話があるんや」

矢部と二人で、星子を囲むような恰好《かっこう》になって席へ戻った。

「お母さん、どうや」

「今日、二度目の検査をしましたけど、結果が出るのは、二、三日あととか……」

清一郎に頭を下げた。

「いつも、勝手をしてすみません」

「病院は近いんや。かまへん」

矢部のほうへ顎《あご》をしゃくった。

「悠さんの友達のカメラマン……森山さんいう人やけど、先月の末、この店へ来なかったか」

「いらっしゃいました」

打てば響くような返事に、男二人が驚いた。

「来ましたか」

「はい、二度……一度は女の方と一緒で、雑誌のお仕事でみえられたとか……」

「日はおぼえていますか」

星子が少し考えた。

「月曜の夕方だと思います。二度目にいらしたのが、水曜の、やはり夕方で、あたしが母の病院へ行くので、早番で帰らしてもらう直前でしたから……」

つまり、森山は一日おきに、このセイロン亭へ姿をみせたことになる。

「二度目の時は、お一人でした。一応、予定通り、仕事が終ったっておっしゃって……」

矢部は、気持がせいた。

「清さんの家のこと、なにかいってませんでしたか」

「はい、北野町のお宅は、一度、泊めてもらったけど、すばらしい西洋館だ、今、公開されている異人館とは、けた違いの豪邸だと、賞《ほ》めていました」

「それだけですか」

「はい、私が、あそこには今、どなたも住んでいないと申しましたら、びっくりなさってましたけど……」

星子が、病院へ行くので気がせいていたこともあり、話をしたのは、ほんの一、二分だったといった。

「森山は、これから、どこへ行くとかいいませんでしたか」

「明日、東京へお帰りになるっておっしゃいました」

「明日……」

つまり、木曜日であった。

少くとも、森山信司は、元町のセイロン亭で星子と話をした時点では雑誌社のスケジュール通りに仕事をこなし、予定の木曜に帰京するつもりだったことがわかった。

「あの……」

星子が矢部と清一郎を等分にみた。

「どうかなさったんですか、あのカメラマンの方……」

清一郎が答えた。

「まだ、家へ帰っていないそうや」

「だって、あれは先月の終りで……」

「奥さんが警察に捜索願いを出している。悠さんも心配してね」

星子が表情を固くした。

「あたし、なにも聞いていません。今、お話ししたことの他は……本当に……」

矢部がうなずいた。

「ありがとう。どうか、あまり気にしないで下さい」

星子の顔色が悪くなったから、いった言葉だったが、店の奥へ戻って行く彼女の後ろ姿は今にもひっくり返りそうに、ふらふらしていた。

「どうも、悪いことを耳に入れてしまったようだな」

母親が入院中であった。

「あいつ、セイロン亭を辞めたいと思っているらしいよ」

ぽつんと清一郎がいった。

「ここを辞める……」

それで気がついた。

「たしか、彼女はこの店の責任者だったんじゃないのか」

十二月の取材の時は、そう聞いた。

「会社の組織が変ったこともあってね。それに、当人が母親の入院中はどうしても遅刻したり、早退したりと勝手をするだろうから、責任のある立場では困るというたんや」

そのために、大阪のほうのセイロン亭から今の主任をこっちへ廻した。

「いずれは、主任といわず、店長として各々《それぞれ》の店を或《あ》る程度、まかせるようにしたいと思っているんやけどね」

新しいセイロン亭のオーナーとして、清一郎はチェーン店の組織作りにとりかかっている最中らしい。

「ここの給料だけで、お母さんと二人の生活をみるのは、かなりきびしいとは思うんやが、他へ移っても、うち以上に出すところは、そうあらへんし……」

「経済的な理由で、ここを辞めるってのかい」

「当人は、そういっとるそうや」

「君に直接、話したんじゃないのか」

矢部の知る限り、清一郎と星子は恋人の筈であった。

「星子が、俺を避けとるのや。デイトに誘っても、出て来んし……」

「そりゃ、お母さんが入院してるから……」

「病院へ見舞に行っても、そっけない。ろくに話もせん」

「遠慮しているんじゃないのか」

　星子の家庭の内情がどんなものか、矢部はまるで知らなかったが、母親が高見沢家のメイドをし、娘が喫茶店で働いて、今まで生活して来たとすれば、多くの貯《たくわ》えがあるとは思えなかった。

　母親の病気がどういうものにせよ、病人を抱えて経済的にはいよいよ難しくなるだろう。

「君に経済的な負担をかけまいとしているのなら、そういう時こそ、君のほうから援助を申し出てやらないと……」

　お坊っちゃん育ちで気が廻らないのかと、矢部は歯がゆく思ったのだが、清一郎の話によると、そうではないらしかった。

「金のことは、なんでもいうてくれと何度も話した。お母さんが入院した時も、会社からの見舞金として渡そうとしたんやけど、どうしても受け取らんのや」

　無理において来たら、翌日、現金書留で送り返して来たといった。

「どう考えても、星子は、もう俺とのことは終ったと決めているようや。電話でも、そないにいうていた」

「電話で……」

「別に正式に婚約したわけでもないし、むこうが俺に愛情がなくなったというんやったら、もう、どうしようもない」

矢部は改めて店内を見廻した。

星子はきびきびと働いているが、二度と、矢部達の席のほうへは近づこうとしないし、こちらも見ない。

その態度は、清一郎と矢部が店を出て行くまで変らなかった。

清一郎と別れてから、矢部が足を向けたのは三宮《さんのみや》のホテルであった。

『花時計』の編集者であり、森山と神戸の取材に同行した井上三佐子の話によると、神戸での宿泊は、三宮の駅に近いホテルであり、そこを、水曜の朝にチェックアウトしたということであった。

「森山さんは、知り合いの所へ寄って、今夜遅くの新幹線に乗るか、もう一晩泊るか、まだ決めていないといっていました」

水曜日は夕方近くまで異人館の撮影をして、井上はそのまま、新神戸駅から帰京し、森山はカメラバッグを背負ってトアロードのほうへ下りて行ったと聞いている。

時間的にいうと、森山はそれから元町のセイロン亭に顔を出し、星子と話をしたことになる。

おそらく、森山の最初の気持では、セイロン亭から高見沢家に電話でもしてもらって、清一郎に、もう一度、建物の撮影をさせて欲しいと頼むつもりだったのではあるまいか。

清一郎の性格からすると、もし、森山がそういって来たら、今夜はうちへ泊らないかと声をかけたろうし、森山も内心、それをあてにしていたのかも知れない。

しかし、星子の言葉で、森山は北野町の高見沢邸が無人なのを知った。

それから、森山はどうしただろう。

あきらめて、新幹線で帰京するか、もう一泊して、翌日にでも清一郎とコンタクトをとってみようとするか、或いは……。

三宮のホテルのフロントは、矢部に対して比較的、親切ではあった。

「たしかに、先月末の月曜、火曜と二泊、森山様と井上様はシングルルームに宿泊なさって居ります」

その勘定は井上三佐子が払い、宛先《あてさき》は『花時計』編集部になっている。

「その男のほうの、森山ですが、彼は水曜の夕方、もう一度、ここへチェックインしていませんか」

神戸にもう一泊する場合、知らないホテルへ行くよりも、勝手知ったところへ戻って来るのが普通ではないかと矢部は考えたのだったが、

「いえ、そういうことはありません」

フロントが帳簿をみながら、はっきり否定した。

とすると、森山はどうしたのだろう。

神戸を去ったのか、他のホテルに泊ったのか。

神戸のホテルの数は多かった。

一軒一軒訊いて歩くのは容易なことではないし、第一、すべてのホテルが矢部の問いに答えてくれるとは限らなかった。

ホテルにしてみれば、客のプライバシイを守る義務がある。

それに、三宮のホテルを出た矢部の勘では、どうも、森山が水曜の夜、ホテルへ泊ったようには思えなかった。

結局、なんの手がかりも得られずに、矢部は東京へ帰って来た。

念のために、森山の家へ電話をしてみたが、やはり、情況は全く変っていなかった。

ゴールデンウィークが終って、矢部のマンションに、静岡の兄から電話が入った。

「以前に頼まれた雑誌は、まだ手に入らんが、雑誌を探している中に、神戸の高見沢さんについて、むかしむかしのことを知っているという人に会《お》うたんだが、なにか訊きたいことがあるなら、こっちへ来ないか」

その人は、以前、農林省の東海近畿農業試験場茶業部に所属していたことがあり、日本の茶業史などの編集にもたずさわっていたらしいという。

「うち《うち》の親父のことも、よう知っとる。なにしろ、九十すぎてるのに、まだ耳もよく聞えるし、記憶もしっかりしている」

「その人が、高見沢家のことについて、知っているというのか」

「高見沢英治《えいじ》という人を知っているというんだがね」

矢部は慌てて、古いメモ帳をひっぱり出した。

昨年の十二月に高見沢邸を取材した時のメモ帳である。

「高見沢英治……あった。清さんのおじいさんだ」

「来るのか、来ないのか」

電話のむこうで、兄が催促した。

「明日、行きます。昼までに家へ着くから」

「先方さんに都合を訊いてみよう」

電話が切れて、矢部はメモ帳を眺めた。

高見沢家の系図のメモであった。

高見沢英治は、高見沢俊太郎の長男であった。明治二十七年生まれだから、今、生きていると、九十九歳になる。

当人は七十二歳で病死していた。

妻の三那子《みなこ》との間に一男二女がある。

長女が隆子、セイロン亭の女社長で十二月に殺害された女性である。

二番目が男子で英太郎といったが、若くして病死している。下が次女の佐紀子。彼女は稲村芳夫《よしお》と結婚して公子を産んだが、別の男とかけおちして行方は知れない。

英治には妹が二人、いたようであった。

上の泰子《やすこ》が満介《みつすけ》という養子を迎えて分家し、その夫婦の間に出来たのが、現在、高見沢家の分家、高見沢丈治である。

下の妹の名前は安奈《あんな》というだけで、これについては嫁に行って、すでに歿《なくな》っているとだけしか聞いていなかった。

翌日、矢部は早起きして東京駅からこだま号で静岡へ向った。

M

新幹線の中から電話で連絡したので、静岡駅には、兄の矢部久志が迎えに出ていた。

改札口で、弟の自分へ向って片手を挙げた兄の表情が、珍しく昂《たか》ぶっているように悠にはみえた。

「今から石河さんのお宅へ行くことになっとる」

家は掛川だといった。

そそくさと、兄の車の助手席に乗って、矢部悠は訊いた。

「石河さんって、どういう人……」

兄の電話では、以前、農林省の東海近畿農業試験場茶業部に属していたとしか知らされていない。

「石河さんは、代々、掛川のほうで茶園を経営して居られる。石河茶園といえば、掛川茶の中でも屈指の老舗《しにせ》でね」

もともと、玉露《ぎょくろ》や上等の煎茶《せんちゃ》が中心だが、早くから玉緑茶《たまりょくちゃ》も手がけているといった。

「玉緑茶って、なにさ」

あまり聞いたことのない名前であった。

「グリ茶のことだ」

「グリ茶……」

あっけにとられている弟へ、久志が苦笑した。

「大正の終り頃から、主としてロシヤむきの緑茶として生産された、新しい煎茶だよ」

「ロシヤ人が、緑茶なんか飲むのか」

「ロシヤ人だけじゃない。戦前は北アフリカやインド、アフガニスタン、中近東、北アメリカや南方にも輸出されていた」

その数量は千五百万ポンドにも及ぶと久志は説明した。

「太平洋戦争のおかげで一時は不調だったらしいが、その後、復活して或る時期は北アフリカに千ポンド以上の輸出をしていたそうだがね」

兄の口ぶりで、悠ははっとした。

「そのグリ茶と、高見沢家となにか関係があるのか」

久志が苦笑した。

「まあ、石河さんの話を聞いてみるがいい。正直のところ、俺も少々、驚いた」

東名高速を走って菊川《きくがわ》インターを下りると北へ向う。

平地は茶畑であった。

畑のビニールハウスはメロンを栽培している。

「この辺のメロンは上等で、東京の果物屋では三千円だ、五千円だという値段がついているらしいよ」

メロンで一財産作った農家もあるそうだといいながら久志が車を停《と》めたのは、メロン畑を下にみる、やや高台にある家の前であった。

家の周囲は茶の樹の垣根《かきね》で囲ってあり、その東側の斜面は茶畑であった。

家はみたところ、そう大きくはない。

「石河さんの隠居所だよ」

弟にささやいて、久志は玄関へ向った。

車の音を聞きつけたのだろう、玄関の戸が開いて、若い女がこっちをみている。

「もう、お出《い》でになる頃だと、おじいさんに話していたところです」

久志に挨拶しながらいっているところをみると、兄とは面識があるらしいと悠は眺めた。

「度々、御邪魔をしてすみません、弟の悠です」

兄が紹介し、若い女を、

「石河みどりさん。石河茶園のお嬢さんだ」

と、弟にひき合せた。

小柄《こがら》で年よりも若くみえるが、悠とあまり年齢が違わないようである。

「どうぞ、お上り下さい。祖父は昔のことをお話しするのが大好きなんです。とはいえ、この節は昔のことなんか訊いて下さる方も滅多にないものですから、矢部さんがお出でになるのは大歓迎なんですよ」

南にむいた部屋は日当りがよかった。

石河老人は大きな椅子にすわり、毛布を膝《ひざ》にかけている。

矢部兄弟をみると、椅子の手すりにつかまって腰を上げ、丁寧に挨拶をした。

背丈は明治生まれの日本の男にしても小さいほうで、孫のみどりとたいして変らないが、顔色もよく、肌《はだ》もつやつやして、とても九十すぎには思えない。

改めて挨拶した悠にむかって、

「あんたさん、テレビに出ていなさると、みどりがいうたで、みましたよ。テレビより若《わ》こうみえますな」

という声が大きい。

「矢部さんとは、あんた方のお父さんに、もう、何十年も前にお目にかかって、静岡の茶業史について、知っとることをお話ししましたが……今度は息子さんに話をするとは、長生きはするものですなあ」

「父が、石河さんにお話をうかがったのですか」

早速、驚かされた悠に、久志が補足した。

「親父が例の雑誌に静岡の茶業史を随筆風に連載していた時なんだよ」

昭和四十一年から二年にかけてであった。

今から二十六、七年前だから、石河老人は六十代のなかばだろうか。

「わしは、その時分、茶葉の生産改良をやっとって……役人生活とは、とっくに縁が切れとったが、昭和二十年代に日本の茶業に関する記録をまとめる仕事していた関係で少々の資料も手元にあった。それを、まあ、矢部さんに提供したり、昔の話をお聞かせしたりしたものだが……」

その中に、矢部家に関する事件もあったといった。

「この前も訊いたように思うが、あんた方のお父さんは大正生まれやったかな」

石河老人がいい、久志が答えた。

「大正十四年生まれです。七年前に歿りましたが……」

お茶を運んで来たみどりがそっといった。

「まだお若かったのに……」

還暦を迎えたばかりであった。

「大正十四年生まれでは、あの事件のことは知らんでしょう。矢部さんのところは、あんた方のおじいさんの時代じゃ」

「祖父の時代の事件とは、なんですか」

せっかちに悠はうながした。

石河老人の口から何が語られるのか、胸が轟《とどろ》いてならない。

「久志さんは御存じだったが、弟さんは狐《きつね》っ葉《ぱ》という言葉を聞いたことがおありかな」

ええっといった悠をみて、久志が釈明した。

「いや、わたしも狐っ葉ということは聞いていましたが、石河さんにうかがうまで、よもや、自分の店が昔、それにひっかかったとは夢にも思いませんでした」

「狐っ葉って、なんです。まさか、狐が茶に化けるんじゃ……」

出まかせをいった悠に、石河老人がうなずいた。

「狐が化けた茶のようなもんじゃ。つまり、上質の茶葉が、似ても似つかぬ下等の茶葉に化けるんじゃから……」

茶の仲買人というのを知っているかと石河老人は話し出した。

「つまり、矢部さんのような茶業者から茶葉を買って、別の茶業者に手数料を取って売る商売と思って下さい」

もともとは、日本国内で、例えば同じ年に静岡の茶が豊富に採れたのに、京都の宇治茶が出来が悪くて、例年の生産量を下廻《したまわ》ったような場合、仲買人が静岡の茶を仕入れて、京都の茶業者へ売る。要するに、静岡茶が宇治茶にブレンドされるのだ。

「純粋にいえば、お茶はそれぞれの生産地によって特色があるので、玉露とか上等の煎茶には、そういうごま化しは出来ません。しかし、中級品なら少々、手を加えることでなんとかなるものです」

明治になって日本茶が海外に輸出されるようになって仲買人の活躍はめざましくなった、と石河老人はいった。

「勿論、国内の取引でも狐っ葉をつかまされたという話はあったが、相手が外国となると数量は大きいし、間に何人もの人間が介在する、品物が先方に着くまでに時間もかかる。狐っ葉の犯人がわかりにくくなるし、悪い奴は一発勝負で大きな銭を摑《つか》んでドロンをきめ込む。泣くのは、狐っ葉をつかまされた側ですな」

矢部さんのぶつかった事件は、と石河老人は昔を思い出すように目をつぶった。

「あれは、日華事変の起った昭和十二年のことでした」

その年、日本茶の輸出は四千九十六万九千斤《きん》で、前年の二千七百三十六万五千斤を大きく上廻るという爆発的な増加をみた。

主な原因は今までヨーロッパやロシヤ、北アメリカ、北アフリカ、カナダなどの茶市場に出廻っていた中国茶が、戦争のため供給出来なくなった分を日本茶が独占したからで、日本茶業界は大いに活気づいたが、その反面、茶葉は不足気味で、良質の茶はひっぱりだこになった。

「もう一つ、忘れてはいけないのは、日本の輸出茶の検査が、昭和二十四年から国営事業になったが、それ以前は昔からの茶業団体にまかされていたということですわ」

当初は輸出茶の検査というより、むしろ、粗悪茶の生産を取締るといった一般的なもので、検査員の職権は極めて弱かった。

「それでも、大正の終り頃から、茶の輸出が伸びなやんで、殊《こと》にアメリカとイギリスが茶の輸入検査をきびしくしたこともあって、日本茶の海外での評判を悪くしたらいかんという声が出て来ました。政府も農林省が昭和十一年に製茶取締規則いうもんを発布したりしたのですが、その翌年に輸出が突然、倍近くにもふくれ上ったので、折角《せっかく》、検査をきびしくせいいうてたものが、とにかく注文に応じて売れるだけ売ってしまえに変ってしもうたんですわ」

需要が増えて、供給が足りなくなれば、当然、粗悪茶が出廻る。

「矢部さんとこへ、茶の注文をしたのは、神戸のブラザ商会という、イギリスの輸入茶業者で、主として北アメリカへ向けて茶を卸していたところです」

悠は思わず、兄の顔をみた。

矢部家、つまり静華堂がもっとも親しく、且《か》つ、信用して取引をした茶の仲買人がハードマン・ブラザ商会だったと知ったのは、父の矢部要の、例の雑誌の文章によってであった。

少くとも、静華堂は昭和の初期、ハードマン・ブラザ商会に輸出用の茶を売っていた。

「そうすると、うちの店が、静華堂がハードマン・ブラザ商会に狐っ葉をつかませたというんですか」

いささか声が荒くなった悠を兄が制した。

「そうじゃなかったらしいんだ。石河さんの話を最後まで、よく聞け」

悠が沈黙し、石河老人が湯呑《ゆのみ》を取り上げて口を湿すように飲んだ。

「わたしは、その時分、農林省の静岡の農業試験場に居りまして、そのトラブルのことを、あとで聞いたのですが、関係者の証言によると、静華堂さんから出荷した茶は、神戸でブラザ商会が立ち会って品質を確認し、それから、アメリカへ向けて、船に積まれたそうです」

ところが、サンフランシスコに船が入って、積荷をサンフランシスコの輸入業者が開けてみると、大変な粗悪茶になっていた。

「つまり、茶が化けてしもうたのですな」

悠が息を呑み、石河老人に訊いた。

「その後始末は、どうなったのですか」

「損をしたのは、静華堂さんですな。ブラザ商会は静華堂さんも被害者いうことで、きちんと金を払おうとしたそうですが、静華堂さんのほうが受け取らなかった。あなた方のおじいさんは大変、気骨のある人じゃったから、みすみすブラザ商会も損をしたのがわかっていて、自分だけ代金を受け取ることは出来ないと辞退された。ブラザ商会の代表責任者は涙を流したということでしたよ」

「しかし、茶をすり替えたのは、ブラザ商会の人間ではなかったのですかね」

久志がゆっくり訊《たず》ねた。

「少くとも、静華堂の茶は、神戸までは確実に運ばれた。それが、サンフランシスコで別の茶にすりかえられていたということは、ブラザ商会が細工をする以外には……」

石河老人がうなずいた。

「まあ、そうじゃろうと誰しもが考えたのですが、奇妙なことに、ブラザ商会もその取引で莫大《ばくだい》な損害を受けた。つまり、ブラザ商会は静華堂さんの他にも、かなりの茶を注文して居ったんですよ。ところが、その時の茶の荷が全部、狐っ葉に化けよったそうです」

代金を辞退したのは静華堂だけで、他は当然、支払いを求めたし、アメリカ側はこんな粗悪品を注文したおぼえはないと契約をキャンセルしたから、ブラザ商会の受けた損害は大きかった。

「なにしろ、その取引が原因でブラザ商会は倒産したときいて居ります」

少し疲れたのだろう、石河老人が深い息を吐いた。

掛川から静岡へ戻りながら、悠は石河老人の話を考え続けた。

「どう思う、兄さん」

静華堂の渡した茶は、神戸までは良質のものであった。

それは静華堂とブラザ商会側が立ち会いで確認している。

「そうなると、一つは、神戸から船積みされるまでに、粗悪茶とすり替えられたか、或いはサンフランシスコまでの船旅の中で、品物が取りかえられたか……」

「犯人は、誰だと思う」

東名高速道路をとばしながら、久志がいった。

「犯人か」

「俺は、少くとも、ブラザ商会の中の人間が一枚、嚙《か》んでいると思うよ」

茶が売られて行く場合、

「昭和十二年だとすると、まだ茶箱を使っていたはずだ」

契約ずみの茶箱には封がされて、封印が貼《は》られる。

「茶箱は神戸から積み出される際、ブラザ商会の封印をして行っただろうし、サンフランシスコでは、当然、その封印が確認されるだろう」

封印に少しでもおかしい点があったら、船主の責任になる。

「ブラザ商会の責任になったということは、封印に異常がなかったんじゃないかな」

「ブラザ商会の社員か」

「相当の地位にいた人間だろうな。或る程度、責任を持たされているような立場の……」

「イギリス人だろうか」

ハードマン・ブラザ商会はマーカス・ハードマンとレナード・ハードマンの兄弟が経営者で、この二人はイギリス人だったらしい。

「わからないな。おそらく日本人とか中国人なども、その会社で働いていたかも知れないし……」

「調べる方法はないかな」

静華堂に、その時分の取引の書類などが残っていないだろうかといった弟に、兄は頭へ手をやった。

「戦前のものは、どうかな」

店も一度、焼けているし、引越しもしている。

「親父の死んだあと、黄色くなって読めないような新聞の切り抜きとか、わけのわからん書類を処分してしまっただろう」

「兄さんは、なんでも片付けて燃しちまう癖があるからな」

弟が舌打ちし、人のいい兄はすまなさそうに頭を下げた。

静岡の実家に一泊して、悠は兄の書斎をひっかき廻した。

亡父の書籍や資料のようなものは、すべて書斎に整理したと久志はいったが、たしかにそれらは莫大な量であった。

「この他に、店の倉庫に茶箱に入れたのが十箱以上もあったんだ、俺が捨てたくなるのも無理ないだろう」

と久志は首をすくめながら弁解したが、悠にしたところで、書棚の下の大きなひき出しに重ねられている書類だの帳簿だの、ちょっとめくってみるだけで夜があけてしまった。

「テレビの仕事があるから帰るよ。また、時間をみつけて調べに来る」

寝不足の顔で静岡を発《た》ち、その足でテレビ局へ顔を出すと、大越というプロデューサーが、

「矢部さん、矢部さん」

と大声で呼ぶ。

「矢部さんは、たしか、セイロン亭と知り合いでしたね」

矢部は、なんとなく悪い予感がした。

「ええ、あそこのオーナーの高見沢清一郎というのは、学生時代の友人ですが……」

「おい」

と大越プロデューサーが、傍《そば》にいたアシスタント・プロデューサーを呼んだ。

「夫婦心中したの、高見沢なんていった……」

「夫婦心中……」

矢部の心臓がでんぐり返りを打った。

「誰が、夫婦心中したんです」

「高見沢丈治、要子夫妻だそうです」

女のように優しい声の、アシスタント・プロデューサーが答えた。

「但《ただ》し、心中かどうかはまだ、わからないらしいですが……」

「矢部さん……」

大越プロデューサーがいった。

「もし、高見沢さんと知り合いだったら、今から神戸へ行ってもらえませんかね。うちの番組として取材してみたいんですがね」

N

テレビのスタッフと矢部悠が、山陽電鉄須磨寺《すまでら》駅に近い高見沢丈治の家に着いたのは午後四時で、家の前にはまだパトカーが停《とま》っていた。

スタッフは素早く、家の外観などを中心にカメラを廻して、少し離れたタクシーの中に待機し、矢部は彼等とは関係のないような顔で高見沢家へ近づいた。

白い壁にオレンジ色の屋根といった南欧風の邸宅はやや古びてはいるものの、この節の感覚でいえば豪邸に属するほうだろう。

矢部が玄関の前に立った時、内側からドアが開いて警察官らしい二人が出て来た。

それを送ったような恰好《かっこう》で高見沢清一郎がこっちをみて、矢部に気がついた。

「来てくれたのか」

「テレビ局で聞いてね」

流石《さすが》に、取材でとはいえなかった。

「今、警察がひき上げたところなんだ」

入ってくれといわれて、悠はドアを通った。

清一郎がありあわせのスリッパを並べてくれる。

「心中だって聞いたけど……」

「わからないんだ。遺書はないし……」

遺体は警察が運んで行って、まだ、戻って来ていないといった。

「毒を飲んだらしいんだがね」

「夫婦で……？」

「無理心中じゃないかというんや」

居間のドアを開けると、ソファの所に安夫が茫然《ぼうぜん》自失の体《てい》ですわり込んでいる。

「矢部君が来てくれたよ」

清一郎の言葉に顔を上げて矢部をみたが、挨拶はしなかった。矢部のほうもなんといってよいか、適当な言葉が出て来ない。

軽く、清一郎が目くばせして、廊下へ出た。

「まだ、遺体が戻らないから、おまいりしてもらうわけにも行かないが……」

いいわけのようにいってから、そっと、

「現場、みるか」

と、訊く。

曖昧《あいまい》に、矢部がうなずくと二階の階段を上って行った。

二階にはドアが二つあって、手前が、

「安夫の部屋や」

と清一郎はいった。

その奥が、丈治夫婦の寝室で、安夫との部屋の間には寝室に附属してバスルームとトイレと納戸《なんど》があった。

清一郎が開けたドアからのぞいた寝室はかなりの広さであった。

奥にセミダブルのベッドが二つ、手前の壁ぎわがドレッシングルームのようになっていて、ベランダ側にはテーブルと椅子が二脚、室内には白線で人の形が描かれている。

「丈治小父《おじ》さんが、ベッドの下の、そこのところ、小母《おば》さんはベッドの上だったそうだ」

知らせを受けて、清一郎がかけつけて来た時、すでに二人の遺体は移されて、ここにはなかったという。

「安夫君は、気がつかなかったのか」

「彼は、家にいなかったんだ」

帰宅したのは、今朝のことだった。

「小父さん達が死んだのは、夜の中《うち》だろうと警察がいっていた」

「外泊か」

「このところ、夫婦喧嘩《げんか》が激しくて、家になんぞいられたものじゃなかったといっているよ」

「帰って来て、発見したんだな」

「最初は、二人共、まだ寝ているのかと思ったそうだ。自分もひとねむりする気で部屋へ入って、ベッドにもぐり込んだら、風でベランダ側の窓がひどい音をたてているのに気がついたらしい。つまり、小父さん達の部屋の窓だ。それでどうもおかしいとドアをノックしたり、声をかけたりしても返事がないから……」

それが八時すぎ。

「安夫の奴、逆上して、警察へ知らせる前に俺へ電話して来た。それも、なにをいうとるかわからんような声でな」

結局、警察への通報は清一郎がしたのだったが、

「すぐ隣の家が、Aテレビの社員や」

安夫がベランダの窓を閉めもしないで、その部屋から大声で清一郎に電話しているのを庭にいた主人が聞いてしまい、正午にはもうニュースで出た、という。

成程《なるほど》、それで大越プロデューサーが早やばやと目をつけたのかと、矢部は内心で苦笑した。

Aテレビは、矢部が仕事をもらっているテレビ局のネットワークの一つである。

「本当に、無理心中なんだろうか」

寝室を出ながら、矢部が呟《つぶや》いた。

「ワインを二人で飲んだらしいんだ。ワインのボトルもグラスも鑑識が持って行って調

べている」

多分、ワインに毒物が仕込まれていたのだろうと清一郎は憂鬱《ゆううつ》そうであった。

「死のうと思ったのは、どっち……」

「小母さんじゃないかな」

夫婦喧嘩の原因は、丈治の女遊びだった。

「京都に女が出来て……君がいつか木屋町でみた、クラブの女だよ。毎週のように二人で旅行していたらしいし……」

「しかし、それくらいで夫婦心中っていうのは……」

信じられなかった。

高見沢丈治は勿論だが、これまで話に聞いていた限りでは妻の要子にしても、かなりしたたかな人間のように思えた。

夫が女に狂ったくらいで、無理心中をするだろうか。

「小母さんは、ひどい焼餅《やきもち》やきだったからね。性格的にもかっとなりやすい人だった」

それに、と、清一郎は眉を寄せてつけ加えた。

「これは、さっき、安夫が警察に話しているのを聞いたんやが、この家に借金取りが押しかけていたというんや」

矢部は、あっけにとられた。

たしかに、高見沢丈治が不動産投機に失敗して、多額の借金に悩まされていたというのは知っている。

しかし、この前、京都で出会った時の丈治はすこぶる景気がよさそうだったし、派手に遊んでいる様子であった。

そして、その理由を清一郎も不可解だといっていた。

「金が都合出来たんじゃなかったのか」

清一郎が首を振った。

「借金が片づいたわけじゃなかったらしい」

階下へ行くと、安夫がビールを飲んでいた。

「なんだか、現実のような気がしないよ」

清一郎と矢部をみて、呟いた。

「金が命とりか」

ちらと清一郎をみたのは、本家が借金を断ったせいだといわんばかりであった。

「小父さん、金が出来たんじゃなかったのか。派手な遊び方をしているから、俺はてっきり懐《ふところ》具合がよくなったと思っていた」

「大金が入るとはいっていたよ。お袋にも俺にも、もうすぐ金が入って来るといった。

実際、いくらかの金が手に入ったのは本当で、お袋にも何百万か渡していたし、俺もそのおこぼれをもらった」

「いつのことだ」

と清一郎が訊いた。

「一カ月くらい前だったよ。けど、そのあとはさっぱりや。それで、お袋がかんかんに怒った。借金だらけで、よう女遊びが出来る、親父にしてみたら、もう、やけっ八《ぱち》やったんかも知れんな」

玄関のベルが鳴って、清一郎が出て行った。

女の声がする。

稲村公子のようだと矢部が気がついた時、その公子が清一郎と一緒に居間へ入って来た。

「遅くなってごめんなさい。体の調子が悪くて、二階で寝ていたの。店を開ける準備に下りて行ったら、店長がテレビのニュースをみたというので……」

というところをみると、稲村公子はずっと芦屋のレストラン・セイロン亭の二階で生活しているらしい。

「本当なの。小父さんと小母さんが……」

それに対して、安夫が急に涙声になって説明をはじめた。

矢部は、清一郎をみた。

「俺は失礼するよ。あとで電話をする」

「今夜、どこや」

「わからない、仕事もあるし……」

安夫と公子に挨拶して外へ出た。

テレビのスタッフはタクシーの中にいた。

「近所の人の話を聞きましたよ」

神戸の方角へ車を走らせながら、スタッフの一人がいった。

「ポートワインに毒を入れて飲んだそうですね」

いまどき、赤玉ポートワインとは、なつかしいねといったスタッフの言葉に、矢部は絶句した。

昨年、森山カメラマンと高見沢家を取材に行った時の光景が目に浮んだ。

豪華なフランス料理の食事のあとで、デザートワインとして、高見沢丈治が年代物のポートワインをリクエストした。

清一郎がいっていた。

「うちのポートは、みんな小父さんに飲まれてしまう」

スタッフが近所から聞いたポートワインというのは、赤玉ポートワインではないと矢部は思った。

あの贅沢《ぜいたく》な高見沢丈治が赤玉ポートワインの筈がない。

ポートワインは、明らかにポルトガルのポート、それも年代物の極上品ではなかったのか。

とすれば、それがおいてあるのは、神戸の北野町にある高見沢家のワイン倉の中であろう。

「とにかく、僕は神戸に残って、高見沢清一郎から話を聞きますが、今のところ、ニュース以上のものは出ませんよ」

バブルの崩壊で借金を背負い、夫婦仲が悪くなって無理心中をしたというニュースは、テレビのワイドショウで大きく取り上げる価値があるか、どうか。

「あんまり、いいニュースではありませんしね」

スタッフは大越プロデューサーと相談するといい、矢部は三宮のホテルの前で車を下りた。

別にそのホテルが定宿というのでもないが、駅に近いのは、なにかの時に便利であった。

もう一つ、このホテルは森山カメラマンが消息を絶つ前に宿泊したところでもある。

チェックインをしてから、矢部は歩いて北野町へ行った。

高見沢邸は閉められたままであった。

塀《へい》の外からみる限り、古風で重厚な西洋館だが、夕風のせいか、寒々としていた。めっきり陽が長くなったこの頃だが、それでももう暮れかけている。

高見沢丈治は、あのワイン倉からポートワインを持ち出したのだろうかと思いながら、だらだら坂を下りて北野通りへ出た。

このあたりは観光客の混雑するところだが、ウィークデイだし、夕方のこともあって通行人はむしろ、この近くに住む人々のようであった。

ジャイナ教寺院という、住宅の中にまぎれ込んだような恰好で風変りな建物があった。その前に立ち止って、ふと、矢部はすぐ先の道を折れて行こうとしている二人連れの女の姿が目に入った。

一人は、林原星子、もう一人は。

矢部は走った。

二人の女は北野通りから細い坂道を下りかけている。

それは、まことに急で細い坂道であった。

両側は住宅でぎっしりと家が建ち並んでいる。

「林原さん」

矢部が声をかけた時、女二人はそこで左右に分れた。

林原星子が矢部をふりむき、もう一人の女は矢部に軽く会釈《えしやく》して細い石段を上って行く。

矢部は、星子に近づいた。

「矢部さん、いつ、こちらへ……」

笑顔で星子がいった。

「今日です」

「お仕事ですか」

「ええ、まあ、そうなんですが、ニュースで知って……」

「御分家さんのことでしょう。あたしも、今、長田さんとその話をしていたんです」

「長田さん、そう、長田さんでしたね」

石段を上って行った女は、突き当りの門の中へ姿を消すところであった。

「あの方は、レストラン・セイロン亭で働いている……」

星子がそっちを眺めた。

「それは、稲村公子さんから頼まれて、時々、手伝っているみたいですけど、本当はお菓子作りの先生なんです」

「先生……」

「よく婦人団体なんかに依頼されて、出張してケーキ作りを教えています。婦人雑誌なんかにも出ていますよ」

「ここが、長田さんのお宅ですか」

その一角だけ古い石垣《いしがき》が囲んでいた。

附近の家は殆《ほと》んど庭のないような小住宅だが、長田家は相応の庭があって、植木が建物をかくしている。

「古い家みたいだな」

「昔の建築だから……」

「長田さんって、ミセスですか」

「矢部さんって、すぐ、それだから……」

星子が遠慮がちに笑った。

「未亡人ですって……」

「未亡人ね」

「須磨へいらしたんですか」

反対に訊かれた。

「ええ、清一郎君に会って来ました」

「心中って、本当なんですか」

「警察が調べている最中ですよ」

坂の上を仰いだ。

「星子さん、最近、北野町の高見沢邸へ入ったことありますか」

いいえ、という返事であった。

「あそこは、ずっと閉めてしまって……それに、あたし、セイロン亭のお店をやめましたから……」

「やめたんですか」

「母の具合がよくありませんし、病院が付添さんを頼むようにというんですけど、お金がかかりますから……」

「病院、どちらです」

「すぐ近くです。あの、ちょっと必要なものを取りに来たので……」

思い出したようにお辞儀をして、すぐ右側のアパートへ走り込んだ。

小さなアパートだが、外観はこぎれいである。

玄関をのぞいてみると、並んでいる郵便受の一つに、林原の名前があった。

暫《しばら》く、そこに立っていたが、星子は出て来る様子がなく、管理人がうさんくさそうにこっちをみるので、矢部はアパートを出た。

改めて、長田家を眺める。

道路より高い位置にあるので、よくわからないが、少くとも敷地は百坪ぐらいありそうに思えた。

こうしてみると、林原星子のアパートも、長田けいの住いも、北野町の高見沢邸と、それほど遠くない。

細い坂道を下りて行くと十字路に出た。

右へ行けばハンター坂、左へ行くと北野坂になる。

矢部が今、下りて来た小さな坂道は、北野坂とハンター坂に、はさまれた形であった。ハンター坂を下って、中山手カトリック教会に出たところで更に右へ進むと二つ目の交差点がトアロードであった。

トアロードは、丘の道の意味らしい。

明治以降、神戸の居留地に商館が出来、そこで働く外国人の多くが、北野町の高台に住居を持った。トアロードは、外国人が自宅と商館を往復する道だったという。

夜のとばりが下りた道のすみに立って、矢部はあたりを見廻した。

掛川で石河老人から聞いた話が甦《よみがえ》って来る。

矢部の祖父、昭和の初期の静華堂が茶の取引をしたというハードマン・ブラザ商会というのは、この神戸のどこにあったのか。その当主だった、マーカス・ハードマンとレナード・ハードマン兄弟は、いったい、どこに家を構えていたのだろうか。

その頃の面影《おもかげ》は、まだ、このトアロードにあるのかと考えながら、矢部は坂の町を下って行った。

元町で食事をすませ、ホテルへ戻ると、清一郎からの電話があった。

「多分、そこに泊ってると思ったが、あたりだったね。ポートワインのボトルと二つのグラスから青酸化合物が検出されたそうだよ」

つくづく参ったという声であった。

「やっぱり、小母《おば》さんの無理心中かも知れないな」

「ポートワインは年代物か」

清一郎が虚を突かれたように黙ったが、すぐに、

「いや、それは知らないが……小父《おじ》さんのことだから、安物は買わないだろう」

「分家さんは、いつも、ポートを自分で買っていたのか」

再び、清一郎が黙った。

「どうして、そんなことを……」

「君の……北野町の家のワイン倉から持ち出されたということは……」

「そりゃあるかも知れない。但《ただ》し、あそこを閉める前だろうが……」

ぎょっとしたように、つけ加えた。

「君は、まさか、俺の家のポートに青酸カリみたいなものが入っていたというのやないだろうな」

「そんなことは、考えていないよ」

ためらって、結局、訊いた。

「安夫君、昨夜、どこへ行っていたんだ」

「当人は、女優の卵で、笠本《かさもと》陽子とかいうガールフレンドと神戸でデイトしたというてる。警察も訊いとったから、裏はとれとるのやろうが……」

改めて訊いた。

「まさか、殺人や、いうのと違うだろうな」

「殺される理由、考えられるか」

「ない、けど……借金の相手が暴力団みたいなものやったら……」

「暴力団なら、極上のポートワインに毒を仕込んだりしないだろう」

「あんた、なにか、心当りあるのか」

「今のところ、なんにもないが……」

しかし、矢部は考えていた。

高見沢隆子の殺人事件、それと、清一郎と矢部が殺されかかった紅茶の事件、更に今度の高見沢分家の心中事件が、もし一つの糸でつながっているとしたら。

「清さん……」

心に浮んだままを、矢部は口に出した。

「清さん、ブラザ商会という名前、聞いたことないか」

「なんや、それ……」

「ハードマン・ブラザ商会。昭和のはじめに破産したそうだが、茶の仲買い商だったらしいよ」

「ハードマン・ブラザ商会」

二度、くり返して、清一郎はそれっきり返事をしなくなってしまった。

○

翌朝、矢部悠は大越プロデューサーの声で目をさました。

「どうやら、モーニングコールになったみたいですね」

無意識に耳にあてた受話器の中から、大越プロデューサーの笑いが聞えて来て、矢部は慌てて受話器を持ち替えた。

「随分、早いですね」

だが、時計の針は七時を過ぎていた。

大越プロデューサーの担当する「モーニング・トピックス」は午前八時半にスタートするから、彼にとっては決して早すぎる時間ではなかった。

「昨夜、矢部さんが送ってくれた須磨の心中事件、一応、セイロン亭一族に相つぐミステリーとして放送しますよ」

矢部は緊張した。

高見沢丈治と要子夫妻の心中事件は、たいしたニュースにはなるまいと思いながら、それでも取材出来たところまでを、昨夜、原稿にしてファクシミリで送っておいた。

「そうすると、昨年の事件と関連させて扱うんですか」

セイロン亭の女主人であった高見沢隆子が自宅で殺害された事件は、まだ犯人が挙がっていない。

須磨の家で心中したとみられている高見沢丈治は隆子の従弟《いとこ》で、分家の当主であった。

「しかし、本家の事件は殺人で、分家のほうは……」

「まだ心中と決定したわけじゃないそうだから、今朝は単に続発したミステリーとして取り上げますよ。矢部さんはひき続き取材をして下さい。もし、カメラが必要なら大阪局のほうから行ってもらいますので、わたしに連絡して……じゃ、よろしく」

そそくさと電話が切れて、矢部は受話器を元へ戻した。

ベッドから起き上ってバスルームへ向う。この先、取材を続けろといわれても、昨夜、報告した以上のものが出るとも思えなかった。

シャワーを浴びながら、大越プロデューサーの言葉を考えてみた。

高見沢隆子が殺されて、高見沢丈治夫妻が心中して、高見沢家は、本家も分家も当主がいなくなってしまった。

本家のほうは、高見沢清一郎が残り、分家は、やはり一人息子の高見沢安夫が残っている。

心に浮かんだのは、昨年の暮、北野町の高見沢本邸へ泊った時、清一郎と矢部の部屋に多量の誘眠剤の入ったカモミール茶のポットがおかれて、それを飲んだ清一郎が救急車で病院へ運ばれた事件であった。

あれは、偶然、いくつもの幸運が働いて、清一郎は命をとりとめたが、最悪の場合、高見沢本家は後継者を失っていたかも知れなかった。

バスルームを出て、矢部は高見沢清一郎のマンションの電話番号を押した。

彼はさまざまの事件が起った北野町の屋敷を嫌って、御影のマンションで生活している。

暫く、受話器を耳にあてていたが、呼出音が続いているにもかかわらず、誰も出なかった。

ベッドサイドの時計は八時を指している。

もう会社へ出かけたのかと思った。

昨夜、矢部がハードマン・ブラザ商会の名前を出すと、急に沈黙し、電話を切ってしまった清一郎のことが、一晩中、気にかかっていた。

あれは、明らかにハードマン・ブラザ商会という名前に心当りがあるという反応であった。

矢部が折り返し、もう一度、電話をして、そのことを清一郎に問いただささなかったのは、彼に少しばかり考える時間を与えたほうがよいような気がしたからである。

だが、今日は彼に訊かなければならないと思う。

亡父が静岡の茶業組合の機関誌に発表していた茶業史の中に、日本から茶葉を買いつけていたイギリス人の仲買人についての記述でハードマン・ブラザ商会というのを紹介している。

そのハードマン・ブラザ商会は矢部家、つまり静岡の静華堂とも取引をしていたが、昭和十二年に起った狐《きつね》っ葉《ぱ》事件がきっかけで倒産したという。

亡父の書いたものによると、そのハードマン・ブラザ商会の家族の住んでいた家が、セイロンハウスと呼ばれていたというが、それが今日、神戸のどのあたりにあったのか、今も、建物が残っているのか不明であるとしている。

矢部が、もしやと思ったのは、昨年、高見沢隆子が殺されたあと、清一郎が矢部にみせた一通の手紙のことであった。

それは、十二月十四日に配達されたもので差出人の名前はなく、なかには、

你知道不知道　錫兰亭的秘密?

と中国語で書かれていた。

つまり、あなたはセイロン亭の秘密を知っていますか、という意味である。

更に、清一郎によると、その前日、十三日に英語の電話があって、Do you know the secret of Ceylon house? と男の声でいったという。

「セイロンハウスの秘密を知っているか」

というもので、この電話と手紙とを同一人物からのものと仮定すると、セイロンハウスとはセイロン亭のことになる。

しかも、その折の清一郎の言葉では、五年前に死んだ彼の父親が、セイロンハウスの秘密について誰かに話しているのを、子供の頃、耳にした記憶があるという。

ひょっとして、北野町の高見沢邸は、かつてハードマン・ブラザ商会の家族が暮していたセイロンハウスではないかという疑問が矢部に起っていた。

テレビをつけると、ちょうど大越プロデューサーが担当する「モーニング・トピックス」が始まっていた。

この番組はニュースの中でも主として新聞の社会面で扱うものを取り上げている。

須磨の心中事件については、番組の中頃で、ほぼ、大越プロデューサーが電話でいった通りの形で報道されていた。

その部分が終ったのが九時すぎである。

矢部は手帳をみながら、今度は大阪の「セイロン亭」の本社へ電話をした。

秘書と思われる女性が、

「社長は、まだ出社して居りません」

という。

「いつも、何時頃、出社されますか」

と矢部が訊いたのに対し、

「いつもは、九時には出社いたしますのですが……」

いささか、くぐもった声で応じた。

ということは、今日は少々、遅れているのだろう。

「矢部悠といいますが、清一郎さんが出社されたら、僕から電話があったことを伝えて下さい。それから、僕はまだ暫くこのホテルにいますので、出来れば、電話をして頂きたいとお伝え下さい」

念のために、ホテルの電話番号と部屋の番号を告げて切った。

そのまま、部屋で「モーニング・トピックス」の続きを観ていると、十時になった。

もう一度、「セイロン亭」の本社へ電話をかけてみる。

「申しわけありません。社長は、まだ出社して居りませんので……」

当惑したような秘書の声が答えた。

「いつも、こんな遅くなることはないのですが……」

「電話もないのですか」

「はあ」

清一郎が自分を避けているのかと矢部は疑ったが、秘書の声の様子では、そうでもなさそうであった。

「では、また、お電話します」

きっちり一時間後に、またかけてみたが、清一郎は出社していない。

已《や》むなく、矢部はホテルを出た。

三宮の町は曇り空の下であった。

晩春の季節にしては、気温が低い。

歩いて元町へ出た。

「セイロン亭」の元町店へ行き、この前、注文したのと同じアッサム・ミストをミルクティにしてもらって、それとホットケーキで朝食がわりにした。

店内を見廻したが、林原星子の姿はみえない。もっとも、彼女は昨日、北野通りから下りる細い坂道のところで出会った時、セイロン亭をやめた、と、はっきりいっていた。で、念のために、紅茶とホットケーキを運んで来た男の店員に訊いてみると、

「林原さんは休職中です」

という返事であった。

ホットケーキを切りながら、矢部は思案した。

星子はやめたといったが、それを休職中の扱いにしたのは清一郎かも知れないと思う。林原星子のほうは、清一郎との恋を、何故か終ったものと決めているらしいが、清一郎は未練たっぷりの様子であった。

ホットケーキを食べているうちに正午になった。この軽食が朝昼兼用では、いささかもの足りないが、セイロン亭は喫茶店なので、ケーキの他は、ミニサンドとホットケーキぐらいしかメニュウにない。

店を出て、神戸高速の花隈《はなくま》駅まで歩いた。

大越プロデューサーから、もう少し取材を続けろといわれたからには、やはり、須磨の高見沢家へ行ってみるしかない。

駅の近くの公衆電話から、大阪の「セイロン亭」の本社へ電話をしてみたが、やはり清一郎は出社していないという返事であった。

須磨の取材にしても、清一郎の協力が欲しかったが、こうなっては仕方がない。

気の重い顔で矢部は電車に揺られていた。

何度も会っていないが、どうも、高見沢安夫という男は苦手だと思う。

矢部が彼にいい印象を持っていないのと同じように、むこうも矢部に好感を抱いていないのがよくわかる。

別に、具合の悪いようなことはなにもないのだが、こういうのを相性が悪いというのだろう。おそらく、矢部が訪ねて行っても、けんもほろろの扱いをされるに決っている。それでなくとも、事件を取材に行くキャスターなどは、当事者にとって迷惑この上もない存在に違いないのだ。

だが、たどりついた高見沢邸は無人のようであった。

玄関の扉には鍵が下りているし、ブザーを押しても、返事がない。

矢部が玄関の前に立っていると、少し離れたところにかたまっていた近所の人達の中から、背の高い初老の男が近づいて来た。

「失礼ですが、矢部悠さんですね」

自分はAテレビに勤めている篠崎《しのざき》という者で、家は高見沢家の隣だと指して教えた。

Aテレビは大越プロデューサーが所属しているテレビ局の大阪のネットワークであった。

昨日、安夫が両親の死体を発見して、慌てて清一郎の許《もと》へ電話をした時、隣家の主人が庭にいて聞いてしまい、Aテレビに通報したので、他局にさきがけてニュースに出たと、清一郎がいっていたのは、この人のことだったのかと、矢部は相手を見た。

「高見沢さんのところは、お留守ですよ」

篠崎は初対面なのに、親しげな調子で教えた。矢部が自分が勤めている局で放映されている番組にゲスト出演しているので、身内意識を持っていたらしい。

「つい、今しがた、警察の人が来て、息子さんが一緒に出て行ったそうです」

「それじゃ、警察署のほうでしょうか」

「さあ、それは、わかりませんが……」

今朝の「モーニング・トピックス」で、高見沢家の心中事件を扱った部分は、矢部さんの取材ですか、と訊かれて、矢部は曖昧《あいまい》に返事を避けた。

「出直すことにしましょう」

軽く頭を下げて、篠崎から離れた。

篠崎が近所の野次馬のところへ戻って行き、矢部のことを話しているらしい。その人々が、いっせいに矢部のほうを見送っている。

意識して、矢部は足を早め、曲り角を折れた。

なまじっか、テレビなどで顔を知られていると、こういう時に照れくさい思いをする。

足にまかせて歩いて行くと、道が複雑に交差しているところへ出た。

そこに「須磨寺」の石標があった。

矢部は須磨寺の名を知っていたが、訪ねたことはなかった。

で、参道へ向ったのは、高見沢安夫が帰宅するまでの時間つぶしのためであった。

石標から中門までの道の両側はごく普通の住宅が並んでいる。

須磨寺の塔頭《たっちゅう》がみえるのは中門を過ぎてからであった。

竜華橋《りゅうげ》の左が正覚院《しょうかくいん》の建物で、坊さんが一人、背広姿の男と立ち話をしている。

仁王門《におうもん》のところでは中年の男女が記念写真を撮っていた。その脇を四人ばかり、初老の女達が通って行く。女達はそろって杖《つえ》を突いていた。四人共、大病を患《わずら》ったあとのリハビリ中といった様子だが、その割には暗い感じがなく、しきりに話し合いながら、のんびりと仁王門の手前を左折して行った。

それっきり、境内には人の気配がなくなった。

矢部は正面の石段を登り、唐門《からもん》をくぐった。

どこかで琴の音がしている。

P

本堂へ参詣《さんけい》して、矢部はそこにあった須磨寺の栞《しおり》をもらった。

それによると、須磨寺は真言宗の大本山で正しくは上野山《じょうやさん》福祥寺というらしい。

須磨という史跡のある地名にちなんで須磨寺と通称されて、その名のほうが有名になってしまった。

須磨の名を天下に知らしめたのは、源氏物語や在原行平《ありわらのゆきひら》のエピソードであり、下っては源平合戦の舞台が、この近くの一ノ谷にあった故《ゆえ》である。

本堂の横手に、義経《よしつね》腰掛松というのがあった。一ノ谷の合戦の後、源氏の武将、熊谷《くまがい》直実《なおざね》に討ち取られた、平家の公達《きんだち》、平敦盛《たいらのあつもり》の首を、源義経が実検した折、この松の根元にすわったというようだが、真偽のほどはわからない。

その隣には敦盛の首を洗った池というのまでがある。

ガイドの栞によると、敦盛の首塚《くびづか》も、この境内にあるというので、矢部はそちらの方角へ歩き出した。

ふと、その足が止ったのは、首塚への道しるべのある道を二人の女が下りて来たからである。

一人は、昨日、北野通りのところで林原星子と一緒だった長田けいであり、もう一人は銀髪の美しい老婦人であった。

長田けいは、矢部が気づく前にこっちをみていた。

チャコールグレイのシンプルなワンピースが、曇り空の下でしっとりした感じである。

そういえば、この人はいつも黒っぽい服を着ているようだと矢部は思った。

はじめて、高見沢家の北野町の屋敷でデザートにクレープシュゼットを焼き上げてみせた時は黒のドレスだったし、昨日、北野町でみかけた時も、黒とグレイの縞《しま》のスーツだったように記憶している。

それが、パーマのかかっていない髪をすっきりと一つにまとめている彼女には、実によく似合っている。

「思いがけないところで、お目にかかりましたね」

と矢部は挨拶したが、長田けいのほうは、さして驚いているふうではなかった。

「おまいりですか」

重ねて、矢部がいったのに対して、

「ええ」

と短かく、うなずいた。

そして、気がついたように、背後の老婦人を、

「母ですの」

と紹介した。

老婦人は洒落《しやれ》た彫刻が握り手のところにほどこしてあるステッキを持っていた。娘よりは色の薄いグレイのニットのツウピースだが、まるで外国人のような着こなしであった。

矢部が挨拶をしかけると、長田けいが、

「矢部さんとおっしゃって、清一郎さんの大学時代のお友達です」

と母親にいった。

老婦人が矢部をみつめ、柔かな会釈をした。

「実は、須磨の高見沢さんの所へおくやみに来たんです。安夫さんと少々、話もしたくて……ですが、留守でしたので……」

母娘《おやこ》が境内を宝物殿のほうへ歩き出したので、矢部も自然に、そっちへ向いながら話した。

長田けいが、かすかにうなずいた。

なにもかもわかっているようなうなずき方である。

「長田さんは、昨日、林原星子さんと御一緒でしたね」

相手の口が重いので、矢部は積極的に喋《しゃべ》った。

「長田さんのお住いは、星子さんのアパートのお近くだったんですね」

それに対しても、長田けいは上品に肯定しただけである。

「あそこには、古くからお住いですか」

「親の土地ですから……でも、私自身はずっと、あそこにいたわけではありません」

「お母様は、神戸の方ですか」

娘と並んで、ゆっくり歩いていた老婦人が矢部をふりむいた。

「ええ、私は神戸に生まれて、神戸で育ちましたのですよ」

長田けいよりも、明るく、はっきりした声音であった。

「失礼ですが、僕の母ぐらいのお年におみかけしますが……」

「あなたのお母様は、おいくつ……」

「七十を出ました」

老婦人が笑い声を立てた。

「私は明治三十九年生まれですから、もう八十七になります」

正直のところ、矢部はあっけにとられた。

たしかに、見事な白髪だが、八十七にはみえなかった。

背中はまっすぐに伸びているし、ステッキを使っているにしても、歩行もまあそれほど不自由ではない。

顔には艶《つや》があり、薄化粧が華やかにすら感じられる。

「いや、お世辞ではなく、とても、そんなにはみえませんでした」

改めて、長田けいを、そっとうかがった。

こちらは初対面の時から、どうも年齢がよくわからない。

「僕は、今まで神戸という街に、あまり縁がなかったのですが、なかなか面白い土地ですね」

「昔の神戸は、ようございましたよ」

いきいきと老婦人が応じた。

「その時分の上海《シャンハイ》がすてきな街だったように、神戸もそれは面白うございました」

「その時分の、とおっしゃると、いつ頃のことですか」

「戦争の、ずっと前ですね、私がまだ娘の時分……」

「昭和のはじめ頃ですか」

「ええ、そうね」

宝物殿の手前の道を、長田けいが下りはじめ、老婦人と矢部がそれに続く恰好《かっこう》になった。

「その頃、神戸にハードマン・ブラザ商会というのがあったのですが、御存じありませんか」

老婦人が立ち止り、矢部は慌ててつけ加えた。

「実をいいますと、僕の家は静岡で茶の問屋をしています。静華堂といって……今は僕の兄が継いでいますが、祖父の時に、ハードマン・ブラザ商会と取引をしていたそうでして……」

老婦人が、視線を宙に向けた。

「そういえば、あの頃は日本のお茶がよく外国に輸出されていたのですよ」

今でこそ、と矢部へ目を落した。

「アメリカ人はコーヒーを飲みますが、昔はお茶でした。ですから、アメリカン・コーヒーというのはお茶のように薄いでしょう、あれは、お茶の名残りだと私は思っています」

「お母さん」

と長田けいが呼んだ。

「もう、帰りませんと……」

老婦人がうなずき、歩き出した。

長田けいは、明らかに矢部を迷惑そうにしていたが、矢部はひるまなかった。

この老婦人は、なにかを知っていそうであった。少くとも、昭和十二年頃、神戸に居住していたと思える。

「ハードマン・ブラザ商会ですが、その家族が住んでいた家をセイロンハウスと呼んだらしいのですが、それが、どの辺だか、御存じではありませんか」

老婦人の返事は思いがけなかった。

「セイロンハウスなら、今でも残って居りますよ」

「どこですか」

「北野町の高見沢邸です」

頭の中が、わあっとなったようで、矢部はつい、声を大きくした。

「それじゃ、清一郎君の家がセイロンハウスなんですか」

「ええ、そうですとも……」

車が停《と》っていた。

長田けいがキイを出して、車のドアを開ける。

「失礼ですが、私、仕事がありますので……」

矢部と母親をへだてるようにした。

老婦人は八十七とは思えない身軽さで助手席へすわる。

ドアを閉め、長田けいが運転席へ廻る間に矢部は窓越しに訊いた。

「高見沢家はハードマン・ブラザ商会から、セイロンハウスを買ったんですか」

老婦人が車の窓を開け、矢部はもう一度同じことを繰り返した。

長田けいが車を発進させ、矢部は車に追いすがった。

「どうなんですか、セイロンハウスは……」

「あれは買ったんじゃありませんね。でも、まあ……」

老婦人の返事が聞けたのは、そこまでであった。

小型の欧州車は、矢部を残して走り去った。

やれやれと矢部は肩をすくめ、車とは反対の方向へ歩き出した。

母親は気さくないい人なのに、娘のほうは冷淡であった。

矢部の受けた印象では、母親が矢部の質問に答えるのを喜んでいない。むしろ、制したいといった様子が明らかであった。

彼女がケーキ作りに呼ばれている、いわば仕事先が高見沢家であれば、その家について噂話をするのを避けようとでもいうのか。

それにしても、ハードマン・ブラザ商会の家族の住居であったというセイロンハウスが現在、北野町にある高見沢邸だと教えてもらったのは収穫であった。

仁王門へ出て、先刻、入って来た参道を戻りながら、矢部は考えた。

ハードマン・ブラザ商会は昭和十二年の狐《きつね》っ葉《ぱ》事件のあと、倒産している。

オーナーはマーカス・ハードマンとレナード・ハードマンという兄弟だったというが、彼らはその後、イギリスにでも引き揚げたのだろうか。

なんにしても、その折にセイロンハウスも売却した可能性が強い。

矢部は何度か泊めてもらったことのある高見沢邸を脳裡《のうり》に浮かべた。

堂々とした異人館であった。

建物の外観も内装も、質実剛健というか、良き時代のイギリス風といった印象であった。

あの家がイギリス人の実業家兄弟の所有だったと聞けば、成程《なるほど》と納得出来る。

高見沢家は、ハードマン・ブラザ商会からあの家を買い取ったのかと思った。

とすれば、昭和十二年頃の高見沢家の当主は、清一郎の祖父、高見沢英治の代であろう。

しかし、まてよ、と矢部は竜華橋の上で立ち止った。

長田けいの母親は、矢部の質問に対して、

「あれは買ったんじゃありませんね。でも、まあ……」

といった。

高見沢家がセイロンハウスを買ったのではないとすると、想像出来るのは、借金のカタに取ったとでもいうのだろうか。

清一郎は、もしかすると、そのあたりのことを父親か母親に聞いているかも知れない。いや、事実、彼は子供の時に、父親が誰かとセイロンハウスについて話していたのを記憶していた。

そそくさと矢部は参道を出た。

清一郎に今朝から、もう何度目かになる電話をかけるためであった。

あとで考えると、矢部は長田けい母娘《おやこ》に出会ったために、一度は足をむけた敦盛の首塚へ行きそびれたのであった。

もし、首塚へたどりついていたら、その附近が墓地であることに気がついただろう。

更には、その墓地のほうから戻って来た長田母娘が実は墓参のために来ていたのだと知って、墓地の中から彼女達のおまいりした墓をみつけ出すことが出来たら、清一郎宛《あて》に来た手紙の文句の「セイロン亭の秘密」に、もっと早くたどりつくことが出来たかも知れない。

その時の矢部は、清一郎へ連絡を取るために、まっしぐらに公衆電話のところへとんで行ってしまった。

「社長から連絡がございました。急用が出来て、横浜へ出かけることになりまして、こちらへ戻るのは明日になるとのことでございます」

大阪の「セイロン亭」本社の秘書の言葉を矢部は茫然《ぼうぜん》と聞いた。

「横浜のどこへ行ったのかわかりませんか」

「それは、うかがって居りません」

「今夜、どこへ泊るとも……」

「横浜から、また連絡すると申して居りました」

電話が切れて、矢部は途方に暮れた。

清一郎は横浜へなんぞ、なにしに出かけたのかと思う。秘書の口ぶりからしても、商用ではなさそうであった。

須磨の高見沢家まで戻ってみたが、やはり、安夫は帰っていないらしい。

いささか、くたびれた足をひきずって、須磨署まで行ってみた。

高見沢安夫の友人だといって、彼がこっちへ来ていないかと訊いてみたが、若い警官から、あっさり否定された。

「近所の人が、警察の人と一緒に出かけたといっているんですがね」

一応、ねばってみたが、

「来ておらんですよ」

と、とりつく島もない。

気をとり直して、矢部は須磨寺駅へ行き、山陽電鉄で三宮へ戻って来た。

まっしぐらに北野坂を上って行く。

長田けいの家のある坂道には、下から上って行った。

古い石垣のすみの石段を上ったところに、これも古びた石の門があり、鉄の扉が閉まっている。

ブザーを押したが、返事がなかった。

須磨寺から車で帰ったのだから、もう、とっくに帰宅している筈である。

ブザーを押し続けていると、突然、門の内側に犬の吠《ほ》え声がした。

仔牛《こうし》ほどもある秋田犬が、今にも鉄の扉をとび越えて来そうな剣幕で吠えている。

長田けいの家は傾斜地の高台にあって、石垣の下はごちゃごちゃと小さな家が建て混んでいるのだが、犬の声でその家の人々が外へ出て来て、矢部のほうを見上げ出した。

犬は更に大声を上げ、下のほうの家々からは次々と人の顔がのぞく。

たまらなくなって、矢部は石段を退却した。

で、今度は林原星子の住むアパートへ入って行った。

郵便受のところで、林原の名前をみる。部屋は二階の二〇一号室であった。

階段を上って、すぐのところに林原と表札の出ているドアがある。

ブザーを押したが、ここも返事がなかった。

母親が入院中なので、そちらへ行っているのかと思う。

管理人室へ行って訊いた。

「ブザー押して出ないのなら、留守ですよ」

中年の女がそっけなくいった。

「林原さんのお母さんの入院している病院はどこですか」

相手は、矢部を頭のてっぺんから足の先までみてから答えた。

「うちは、住んでいる人のプライバシイには立ち入らんようにしていますでね」

ついていない日だと、矢部は自分自身に腹を立てながら、坂へ出た。

北野通りへ上って行くとジャイナ教寺院の前へ出た。

若い女性のグループがカメラを持って賑《にぎ》やかに通って行く。

ここまで来たのだから、もう一度、高見沢邸を眺めて行こうと思った。

北野通りのほうから眺めた高見沢邸はやはり、あたりの異人館とくらべてみて、群を抜く豪壮さであった。

これが、セイロンハウスだったのかといささか感無量である。

亡父は静岡の茶業史を書いていて、ハードマン・ブラザ商会に興味を持ち、セイロンハウスを訪ねて神戸まで来たが、遂《つい》にわからずじまいだったと雑誌に書いている。

あの世の父に電話でもかけたい気分であった。

「父さん、セイロンハウスがみつかったよ」

といったら、父はどんな顔をしただろう。

三宮のホテルへ戻って来て、矢部は大越プロデューサーに電話を入れた。

清一郎に逢えない以上、須磨の心中事件の取材は無理であった。

矢部は警察にコネもない。

「ま、それじゃ、ひとまず帰って下さいよ」

気のない返事で、矢部はがっかりした。一日中、足を棒にしたのが馬鹿らしい。

フロントで時刻表を借りて、新幹線の上りの時刻を調べていて、ふと気がついた。

芦屋のレストラン・セイロン亭へ行ってみようと思った。

稲村公子は清一郎と義理の従兄妹《いとこ》に当る。

彼女の母親は、清一郎の義母、隆子の妹であった。

或いは公子がハードマン・ブラザ商会について、なにか聞いているかも知れないし、分家の心中事件のその後も知っているに違いない。

芦屋へ寄ってから新大阪へ出て帰京したほうが、上り列車の数が多い。

矢部にしてみれば、最後の頼みの綱のような気持で訪ねたレストラン・セイロン亭だったが、たどりついてみると、店の門のところに、はり紙が出ていた。

都合により、臨時休業致します　店主

門のところに立って、矢部は店の二階を仰いだ。

稲村公子は店の二階で生活しているときいていた。

だが、二階の窓はカーテンが下りていて、電気もついていない。

今度こそ、本当に体中の力が抜けたようで、矢部は足をひきずりながら高級住宅地を抜け、駅までの長い道を歩いた。

新大阪駅から東京へ向う列車の中で、矢部は疲れ果ててねむり込んだ。

浅い眠りだったにもかかわらず、夢をみた。

大きな貨物船が桟橋《さんばし》に横づけになっている。

お伽話《とぎばなし》の海賊船に出て来るような恰好の水夫が積荷を肩にして桟橋から船へ乗り移って行った。

なにかの拍子にその積荷が水夫の肩から海へ落ちた。

暗い水の上に、一面に茶葉が浮き上って、その中に狐っ葉という文字がみえる。

列車の揺れで、矢部は目をさました。

車窓に夜の風景が流れていた。

ちょうど小田原駅を通過するところであった。

箱根の山は、闇《やみ》の中である。

そして、東京は雨であった。

Q

東京へ帰った翌朝、矢部悠が朝刊を取りに下りて行くと、管理人が玄関の掃除をしていた。

「昨夜、帰られたようですね」

今朝、郵便受にたまっていた新聞などがなくなっていたので気がついたらしい。

「遅い新幹線で戻って来たんです」

管理人室はカーテンが下り、電気も消えていたので声はかけなかった。

「小包をあずかっていますよ」

郵便受に入らなかったので、といいながら管理人室から取って来たのは、大型の茶封筒であった。速達である。

表に書籍と書いてあり、差出人は静岡の兄、矢部久志である。

「昨日、郵便屋が持って来ましてね」

「どうも、ありがとうございました」

部屋へ戻って、新聞を読む前に茶封筒を開いた。もしやと思った勘が当っていた。出て来たのは茶業組合のPR誌で、発行が昭和四十一年の冬号と四十二年の春号の二冊。

つまり、その当時、この雑誌に静岡の茶業史を連載していた父の原稿でいえば、十三回と十四回の分であった。

この前、兄が持って来てくれたPR誌の中で欠番になっていた二冊である。

朝食を忘れて、悠はその頁《ページ》を読んだ。

電話が鳴ったのは、その大半を読み終えた時であった。

兄の久志である。

「雑誌、着いたか」

珍しく兄の声がせっかちに聞えた。

「今、読んだ」

「大変なことが書いてあるだろう」

実は、その二冊がみつかったので、一昨日、悠へ電話をしたといった。

「留守だったんで、とりあえず送ったんだ」

「兄さん」

悠の声もはずんでいた。

「狐っ葉事件で倒産したブラザ商会のレナード・ハードマンの奥さんは高見沢英治の妹だったんだね」

「俺も驚いたよ」

思わぬところで、高見沢家とブラザ商会がつながっていた。

「高見沢英治には二人、妹がいたんだよ」

昨年、取材に行った時に知ったことであった。

上の妹の泰子が満介という男と結婚して、その子が、須磨で夫婦心中をしたといわれている高見沢丈治。

「下の妹の安奈さんは、死んだって聞いたんだけど……」

「その人がレナード・ハードマン夫人だ」

父の原稿によると、ブラザ商会が倒産した後、ハードマン兄弟は香港へ去って再起をはかったらしい、と書いてある。

「安奈夫人は、一緒に行ったんだろうか。それとも、その頃にはもう歿《なくな》っていたんだろうか」

狐っ葉事件があったのは、掛川の石河老人の話によると昭和十二年、日華事変の起った年だという。

「それはわからんが、お前にもう一つ知らせることがある。その雑誌を探してくれたのは掛川の石河さんなんだが、石河さんがその当時、ブラザ商会で働いていた宋《そう》さんという中国人のことを思い出してね。宋一波という人だが、ブラザ商会が潰《つぶ》れたあと、横浜へ移って、やはり茶商をしていた筈だというんだ。それで、昨日、念のために、白水社さんの会長に電話をしてみたんだよ」

白水社というのは、静岡出身の茶商だが、近年、中国茶を多く手がけている。

「わかったのか」

「ああ、宋一波商会といえば、中国茶の輸入もとでは大手のほうで、高級茶を扱う店として有名なんだそうだ。本店は横浜だが、神戸に支店もある。なんか書くものあるか」

悠は慌ててメモ用紙をひきよせ、兄が教えてくれた横浜の宋一波商会の住所と電話番号を書き取った。

「それからな、もし、お前が取材にでも行くなら、白水社の会長が自分の名前を出してアポイントを取ってもかまわんといってくれたから……」

もっとも、白水社の会長は、悠がテレビや雑誌で中国茶のことを紹介するための取材というふうに考えているから、そのあたりを配慮するようにと、いつものことながら、久志の忠告は行き届いていた。

電話をすませて時計をみると九時になっていた。普通の会社なら始業時間である。

早速、悠は、横浜の宋一波商会の電話番号を叩いた。

電話口に出たのは、なんと宋一波当人であった。いささか狼狽《ろうばい》しながら、悠は自分の職業を名乗り、静岡の白水社の会長の紹介で中国茶について少々、話を訊きたい旨《むね》を述べた。

白水社の会長の名前が効いたのか、相手は簡単に承知した。

十一時に横浜の宋一波商会のビルで会うことを決め、悠はあたふたと支度をしてマンションを出た。

バスで渋谷へ出て、東横線に乗る。

宋一波商会のビルは、石造りの古風な外見だが、なかは改装されて明るく、現代的なビジネスセンターといった感じであった。

驚いたのは、受付に中年の女性が出迎えていて、三階の会長室へ丁重に案内されたことである。

「矢部さんは、静岡の静華堂さんの息子さんだそうですな」

悠の挨拶のすむのを待って、宋一波がいった。

もう七十はとっくにすぎているだろう。赧《あか》ら顔のせいか、実年齢よりは若くみえるが、髪も眉もまっ白で、鼻の脇に出る縦皺《たてじわ》がひときわくっきりと深い。

「静華堂は僕の兄が継いでいますが……」

「そのようですな。あなたから電話をもらって、白水社の皆川さんに問い合せたのですよ。わたしの知っていた静華堂の御主人は、あなたのおじいさん、矢部慎吾《しんご》さんです」

宋一波老人の日本語は正確で、殆んど訛《なま》りがない。

「祖父をご存じでしたか」

「私が、まだブラザ商会というところで働いていた時分、何度かお目にかかりましたが、実に立派な、情のあるお方でした。矢部さんが大きな犠牲を払われながら、ブラザ商会に示された親切を、私は今でも忘れてはいません」

「それは、狐っ葉事件のことですか」

「ほう、ご存じでしたか」

「つい、最近、父の書いたもので知ったばかりです」

話が思いがけず、その方向へむかったので、悠は胸を躍らせた。

先刻、悠を案内してくれた中年の女性が茶を運んで来た。

「熱い中《うち》に……」

宋老人に勧められて、悠は茶碗の蓋を取った。玉露のような色合いだが、独特の香は中国の茶であった。

「これは、龍井茶《ロンジン》とも違うようですが……」

宋老人が微笑した。

「流石《さすが》、静華堂さんの血をひくだけあって、ようご存じですな」

白毫茶《びゃくごう》というと教えた。

「白毫とは、仏さんの眉間《みけん》にあって光を放つという右巻きの白毛のことをいうそうですが、これは茶の新芽の白い部分だけで製茶したもの、つまり白茶です。英語に直しますとホワイトティ、チャイナホワイトティ、ま、味もそっけもない呼び名になってしまいますが……」

宋老人に命ぜられて、中年の女性が錫《すず》の茶壺《ちゃつぼ》を持って来た。重い蓋を開けると、白とモスグリーンの綿毛のような茶の新芽がふんわりと入っている。

「貴重なお茶ですね」

「昔は皇帝のお茶といわれていましたが、今は、ささやかな贅沢《ぜいたく》をたのしむことが出来る時代になりました」

白毫茶といっても、ぴんからきりまであるが、このあたりが自分には相応だと宋老人は笑顔でいった。

「お茶に興味を持たれたのは、ブラザ商会へ入られてからですか」

なにから訊こうと、悠は気持の昂《たか》ぶりを抑えた。

「ブラザ商会では、さまざまのことを学びましたよ。イギリス人が中国人と同じようにお茶を人生の友としていること。日本人も同様ですが……。殊《こと》に社長のマーカス・ハードマンさんは世界中のお茶に関心があり、知識も豊富でした。中国茶や日本茶についてもよく研究していて商人というより学者でした。私がお茶について関心を持つようになったのはハードマン社長のおかげです」

「どのくらい、ブラザ商会にお出《い》でだったんですか」

「十二歳で、ボーイとして採用してもらって昭和十三年の春、社長を神戸の港で見送るまでおよそ十年余り、私の人生の中でも、とても充実した日々でした」

昭和十三年というと狐っ葉事件の翌年である。

「ハードマン社長は日本を去って香港へ行かれたそうですが……」

「いや、それは弟さんのほうですよ。マーカスさんはイギリスへ帰られて、ウィンダミア地方というのですか、イギリスの湖水地帯の小さな村へひきこもって、五年後に歿られたそうです。弟のレナードさんは香港で小さな商売を始めて、だいぶ苦労をされたようですが、いい具合に戦争後、不動産で成功しまして、今、御存命なら……」

宋老人が指を折った。

「八十五になられる筈ですが、惜しいことに」

「歿られたのですか」

「ぼつぼつ、十年になるでしょう。明るく陽気で人づき合いのいい人でした。商売の勘がよくて、お兄さんを助けて最後までブラザ商会を建て直そうとなすっていたが、マーカスさんがやる気を失ってしまって……とうとうあきらめたようです」

「レナードさんの奥さんは日本人だそうですね」

悠の質問に、それまで淡々と答えていた宋老人の表情に初めて変化が起った。

「あの人は一九〇六年の生まれで、日本では丙午《ひのえうま》の年に生まれた女は夫を食い殺すとかいって嫁入りがむずかしかった。この節はもう、誰もそんなことは馬鹿にして信じる者もいませんが、戦争前の日本では、実際、丙午の女はなかなか結婚出来なかったものですよ。レナードさんより二つ年上の姉さん女房でしたから……もう八十七になりなさるのか……」

「お元気なんですか」

「そりゃもう……」

ドアが開いて、先刻の中年の女性が入って来た。

「おとうさん、胡《こ》さんがおみえになって、来客中だと申し上げたのですが……」

彼女を押しのけるようにして、でっぷりした老人が入って来た。

余程、気が転倒しているらしく、いきなり悠を無視して早口の中国語で宋老人に話し出した。

それに対して宋老人も中国語で返事をしている。

二人の会話の中に、セイロンハウスという言葉が聞えて、悠はどきりとした。

「胡さん、それ本当ですか」

いきなり日本語で口をはさんだのは、宋老人を、おとうさん、と呼んだ中年の女性である。

「いったい、どうして、清一郎さんが……」

思わず、悠が叫んだ。

「清一郎君が、どうかしたんですか」

二人の老人が悠をふりむき、宋老人が訊いた。

「矢部さんは、高見沢清一郎を知っていなさるのか」

「大学時代の友人です。彼の身になにかあったんですか」

「いや、そうではない」

少し、ためらって訊いた。

「あなたは、昨年から神戸の高見沢家で起っている事件をご存じかな」

「知っているどころじゃないですよ。清一郎君が殺されかかった時、僕は高見沢邸へ泊っていて、危《あやう》く、道連れになるところだったんです」

紅茶に誘眠剤を仕込まれた一件を手短かに話すと、宋老人がうなずき、中年の女性がいった。

「姉さんが知らせて来た清一郎のお友達というのは、あなたでしたの」

「姉さん……?」

と悠が反問したが、宋老人がそれにかぶせるようにいった。

「矢部さん、こちらは胡さんといって、やはり、その昔、ブラザ商会で働いていて……

といっても、胡さんはコックとしてセイロンハウスに住み込んでいたのだが……」

「なんですって……」

「ハードマン社長は中国料理が好きで、ここにいる胡さんのお父さんを家族ぐるみ、住み込みでやとっていたのですよ。そのことはゆっくり話すとして、胡さんの所へ清一郎さんが来たそうだが」

うながされるようにして、胡と呼ばれた肥《ふと》った老人が日本語で話した。

「清一郎さん、わたしの所へ昨日、二度、訪ねて来た。わたし、昨日は東京へ出かけていて帰って来たのは、夜遅くだった。それで、清一郎さん、今朝やって来た。わたしにセイロンハウスの地下室のことを教えてくれといって……」

「話したのですか」

と中年の女性がうながした。

「どうしても知りたいといわれて……」

「セイロンハウスの地下室って……ワインのカーヴのことですか。あそこになにかしかけがあるんだ」

悠の脳裡《のうり》に高見沢邸へ泊った夜明けに耳にした不思議な足音が甦《よみがえ》った。明らかに人の歩く足音だったのに、階下をくまなく探しても全く人の気配はなかった。それが午前四時、そして一時間後、五時にセットしてあった清一郎の部屋の目ざまし時計の音で悠が彼の部屋へ行ってみると、清一郎は致死量の誘眠剤を飲まされて生死の境をさまよっていた。

R

二時間後、矢部悠は新横浜駅から下りの新幹線に乗っていた。

横浜の中華街で寿園という中華料理店を営んでいる胡老人は、昭和のはじめ、父母と共にセイロンハウスに住み込んでいた。

雇主のブラザ商会が倒産した後、セイロンハウスの主人となった高見沢英治にやとわれて昭和二十二年までコックをつとめたが、父親の病気を理由に退職し、その後、横浜へ出て中華料理店で働き、やがて自分の店を持った。

その胡老人を突然、訪ねて来た高見沢清一郎が彼に訊いたのは、セイロンハウスの地下室のことだったという。

清一郎は現在の高見沢邸のワインカーヴの見取図を書いて来て、胡老人に示し、それが昔からの地下室と寸分、違っていないかと糺《ただ》した。

「清一郎さんの持ってみえたワインカーヴをみて、わたしはすぐにそれが昔のセイロンハウスの地下室の三分の一だとわかりました」

もともと、セイロンハウスの地下室は二つに分れていて、三分の一はワインの貯蔵庫で三分の二は臨時に茶箱を入れたりする倉庫として使用されていた。

仕切りは壁で、片すみのごく目立たない所の壁を細工して通路が作られている。

ワインカーヴのほうは台所から地下へ下りる階段があり、倉庫のほうは外壁にドアがあって、そこから石段を下りて入れるように出来ていた。

「そのドアは、今は開かない筈ですよ。セメントを流し込んで、ドアの内側に壁を作ってしまったからね」

内々でその工事をしたのが昭和十七年のこと。

「何故、そんなことをしたかといえば、満州へ逃げていた満介さんが内緒で帰国して、そこにかくれていたからですよ」

西へ向って、ひた走りに走って行く新幹線の中で、悠は兄が送ってくれたPR誌の中の父の原稿を改めて読み返していた。

昭和十二年に静華堂をも巻き込んでブラザ商会を倒産させた狐っ葉事件について、悠の父、矢部要は次のように書いている。

父矢部慎吾は、かつて、この事件について日記の中にこう記している。

ブラザ商会の社長、マーカス・ハードマン、並びに副社長のレナード・ハードマンはまことに誠実な人柄《ひとがら》にて社員にも人望があり、とても、他人におとし入れられるとは思えなんだ。後に知りたることながら、狐っ葉事件の犯人は、レナード・ハードマンの夫人、安奈の姉婿《あねむこ》に当る高見沢満介なる者、妻の縁にてブラザ商会の重役におさまり居《お》りたるが、会社の金を長年にわたって使い込み、その発覚をおそれて狐っ葉事件をひき起したるとか。まことに恩を仇《あだ》で返すというか、獅子身中《しししんちゅう》の虫と申すべきか、ブラザ商会はさぞかし無念であろうと推量した。また、或《あ》る人の話によれば、当時、高見沢本家の当主、高見沢英治は相場に失敗して多額の借金を作り居りし由《よし》、それが、狐っ葉事件の後、すべての借金を返済したのは、満介の悪企《わるだく》みの片棒をかついだのではなかったかと風説しきりなるも、これといって証拠もなく、ブラザ商会としては、あくまでも社員のひきおこした不祥事として責任を取らざるを得なかったものであろう。

矢部悠は雑誌を閉じた。

なにかがみえて来るような気がしきりにする。

昭和十二年に起った狐っ葉事件と昨年から高見沢家に起った出来事は、どこかでつながっているのではないのだろうか。

第一に、最初に殺害された高見沢隆子は、狐っ葉事件に関係して巨利を得たと噂をされた高見沢英治の長女であり、「セイロン亭」の社長であった。

次に殺されかけた清一郎は、高見沢本家の跡取りであり、隆子と血のつながりはないが戸籍上は母子である。

更に心中と思われている分家の高見沢丈治夫妻の父親は、狐っ葉事件の元凶らしい。

狐っ葉事件によって、ブラザ商会は倒産し、その後、マーカス・ハードマンもレナード・ハードマンも歿《なくな》っている。

けれども、レナード夫人になった高見沢家の末娘は生きている。

それにしても、と悠は考えていた。

いったい、清一郎はなんのために横浜へ来て、今頃、胡老人に自宅の地下室の秘密を訊《たず》ねたのか。

清一郎が今度の一連の事件についてなにかを発見し、それが秘密の地下室と結びついたということなのだろうか。

悠の心に浮かんでいるのは、行方不明の森山カメラマンのことであった。

列車は轟音《ごうおん》をあげて鉄橋を渡っていた。

悠が北野町のセイロンハウス、無人の筈の高見沢邸にたどりついたのは、夕方の六時に近かった。

日はまだ暮れていないが、曇天で空気がしめっている。

神戸へ着いて、「セイロン亭」の本社と清一郎のマンションへ電話を入れたが、どちらにも居なかった。

胡老人の話によると、清一郎が横浜で胡老人と会ったのは午前十時すぎ、それから神戸へ帰るといって別れたというから、当然、とっくにこっちへ戻っている筈であった。

清一郎に会わなければ、セイロンハウスを開けてもらうことは出来ない。

それでも、悠の足は自然にセイロンハウスへ向っていた。

暮れなずんだ高台に、見馴《みな》れた英国風の豪壮な建物が浮かんでみえる。

迂回《うかい》して坂を上り、悠は以前、清一郎と車でセイロンハウスへ来た道へ出た。

この家は坂の下にある門から石段を上って玄関へ達する道と、裏門を入って、庭を廻り玄関へ出る道がある。

裏門へ近づいて、悠はそこに思いがけない人影を発見した。

「星子ちゃんじゃないか」

むこうは早くから近づいて来る悠をみていたらしい。

「矢部さんは、どうしてここへ来たんですか」

訊かれて、悠は返答に窮した。

「星子ちゃんは清一郎君の居場所を知らないか。会社にもマンションにも連絡してみたんだが……」

「もしかすると、ここかも知れないです」

不安そうに門の中をみた。

「清一郎さんが、少し前に、母の入院している病院へみえたそうです。私はアパートへ帰っていて、いなかったんですけど、母になにかあっても心配しないようにって……あの、自分になにかあったらM銀行の貸金庫を開けなさい、そこにあるお金は母とあたしのものだと……鍵までおいて行ったっていうんです。母が心配して、あたしに清一郎さんを探せと……あたしも会社とマンションに電話したんですけどいらっしゃらないので……」

あたりが急速に暗くなって来た。

「清さんが病院へ来たのは、何時頃だったのかな」

星子が腕時計を眺めた。

「四時すぎだったって、母がいいました。あたし、そんなこと知らないので、アパートへ帰って洗濯物をとり込んだり、なにやかや雑用をすませて、病院の食事が五時半なので、それに間に合うように……」

めっきり食欲のなくなった母親のために、スープを作って病院へ戻ったという。

「もし、病院からまっすぐ清さんがここに来たとしたら……」

一時間以上も、ここにいるだろうかと思う。

それでなくとも、事件以後、清一郎はこの家へ近づかなくなっていた。

「でも……」

星子がそっと門の脇のくぐり戸へ手をかけた。

「ここ、開いているんです」

「なんだって……」

「さっき、押してみたら開いて……いつもは鍵がかかっているのに……」

「ということは、清さん、まだいるかも知れないな」

星子に続いて悠もくぐり戸を入った。

裏庭は建物のかげになるので、一層、暗い。

気がついて、悠は薪《まき》の積み上げてある外壁のところへ行ってみた。

煉瓦《れんが》の囲いがあり、薪がきれいに並んでいる。その脇に鉄の扉があった。

押してみたが、びくともしない。

「そこ、開きません」

と星子がいった。

「ああ、知っているよ。いつか、清さんに教えてもらった」

しかし、この扉は本来、地下室への出入口であったのだ。自由に開閉出来た扉をわざわざセメントで内側に壁を作り、使えないようにした理由は、胡老人から聞いたばかりだ。

「あの、御存じですか」

そっと、星子がいった。

「元町のセイロン亭で働いてる人から聞いたんですけど、分家の安夫さんが行方不明なんですって……」

「安夫君が……」

いやな感じであった。

昨日、悠は須磨へ行って、分家を訪ねたが、その時、安夫は家にいなかった。

「警察がセイロン亭へ聞きに来たっていうんですけど……」

車の音がした。

門のむこうに停車したようである。

無意識に悠は星子の肩を押して薪のかげに体を低くした。

くぐり戸が開き、ハイヒールの音がまっすぐに裏口のほうへ歩いて行く。

台所のドアがきしんで開けられた。ハイヒールの女はためらいもせず、そのドアを入って行く。

「公子さんです」

小さく星子がいい、悠もうなずいた。

稲村公子が、いったい、なにしに来たのかと思う。

「どうしましょう」

星子が呟《つぶや》いたのは、公子が清一郎の婚約者のような立場にあることを意識してと思われた。

少し迷って、悠は決心した。

「様子をみて来る。君はここにいてくれ」

公子の様子がおかしかったと悠は考えていた。

いつもの、悠の知っている公子とは、全く違うなにかを、今の公子は感じさせた。

音をたてないように台所の戸を開けるのが苦労であった。

驚いたのは、公子が入ったにもかかわらず、台所の電気をつけていないことである。

これは異様であった。

家の中は、まっ暗といっていい。

台所に立って、悠は耳をすませた。

どこかで物音がしている。

地下だと気がついた。

胡老人が書いたメモが脳裡に浮かんだ。

地下のワインのカーヴには、台所から下り口がある。

その場所は大きなガスレンジとオーブンのある一角から壁に沿って行くと階段の入口が穴をあけていて……。

悠は目をこらした。

たしかに、階段がある。

用心深く、一足二足と下りた。

かびくさい臭《にお》いと湿気が体に伝わって来る。下り切ったところに扉があった。しかも、少しばかり開いている。

扉をやっと入れるほどに開けて体をすべり込ませた。

ずらりとワインの並ぶ棚が、うすぼんやりとみえたのは、どこかから灯《あか》りが洩《も》れて来ているせいである。

おびただしいワインの瓶《びん》と、ワインの匂《にお》いが悠を取り巻いていた。

ゆっくり見廻すとワイン棚のはずれのあたりに灯りの洩れてくる隙間《すきま》があった。

胡老人のいった隣の地下室へ抜ける扉がそこらしい。

そこへ近づくと人声が聞えた。

小さい。

思い切って壁を押してみた。音もなく隙間が大きくなる。

声は、はっきりと悠の耳に届いた。

「やっぱり、君は、ここを知っていたんだな」

清一郎の声であった。

「随分、考えた。考え抜いたあげくに、ここしかないと思った」

「あたしが……なんだっていうのよ」

公子の返事は落着いていた。

「ワインカーヴの隣に、こんな地下室があるとは、僕は今日まで知らなかった。歿った父も、おそらく、殺された母も知らなかったと思う」

黙っている公子へ強くいった。

「君は、ここへ入る通路を、どうして知ったんだ」

「あたしの部屋は、ちょうど、この上なのよ」

低く、公子が応じた。

「気がついたのは物音。丈治小父《おじ》さんが夜中にワインを盗みに外から入って来た足音だったのよ」

「外からって……しかし、あの扉は……」

「セメントで壁を内側に作ったっていうんでしょう」

かすかに、公子が笑った。

「清一郎さんって、案外、石頭なのね。あとから作ったセメントの壁なんて、こわそうと思えば簡単にこわせるじゃないの」

悠は体が石になった気がした。

この地下室は外から自由に出入りが出来た。

ということは、セイロンハウスの玄関も裏口も通らずに、地下室からカーヴへ、カーヴから台所へと忍び込むのは、なんでもないことになる。

壁のむこうで、清一郎が息を呑《の》むのが、悠には、はっきりわかった。

S

セイロンハウスの地下室に怖《おそろ》しいほどの静寂の刻《とき》が流れた。

長い沈黙を漸《よう》く破ったのは、清一郎であった。

「あの晩、カモミール茶に薬を仕込んだのは君だったのか」

矢部が清一郎と共にこのセイロンハウスへ泊った夜、清一郎が就寝前に飲むために用意したカモミール茶であった。

それを矢部はビールを飲んでしまったので結局、手をつけず、清一郎のほうも、入浴前に飲んだ誘眠剤が効いて来て、風呂から出ると、すぐにベッドにもぐり込んだ。

ただし、清一郎のほうは午前四時に目をさました際、咽喉《のど》が渇いて、カモミール茶を飲み、もしも、矢部の発見が遅ければ、危《あやう》く、あの世へ送られるところであった。

「違います」

強い返事が、公子の唇《くちびる》から出た。

「あれは、安夫のやったことよ」

「安夫が……」

「あいつは阿呆《あほ》よ。清一郎さんを殺せば、あたしが自分のほうを向くとでも思ったのかしら……」

「そやったら、お袋を殺したのは……」

僅《わず》かの間があって、公子が叩きつけるように答えた。

「それも、安夫よ」

暗い中で、突然、人の起き上る気配がした。

「阿呆ぬかせ。なんでもかんでも、人のせいにしよって……」

それが高見沢安夫の声とわかって、ワインカーヴと倉庫との間に立っていた悠はぎょっとした。

この地下の薄暗がりの中にいるのは、矢部の他には清一郎と公子と、それに安夫の三人ということになる。

「あんた、いつから、そこに……」

公子が悲鳴に似た調子で叫ぶのが、矢部の耳に届いた。それに続いて、

「いつからいわれてもわからへん。ここは酒飲み天国や。いくらでも、ええ酒が飲めて、よう眠れる」

まだ酔いの残った声で、安夫が笑った。

「清一郎、気いつけや。この女は鬼や、人殺しやで……」

「人殺しはあんたやないの。清一郎さんと間違えて、カメラマンを……」

愕然《がくぜん》として、遂《つい》に矢部は我を忘れた。

「森山君を殺したのか」

三人が同時にふりむいた。

「悠さん……」

清一郎が矢部のほうへ走り出し、はっとしたように公子が追った。

「待って……」

公子の手に光るナイフがみえ、矢部は手近のワイン棚からワインのボトルを摑《つか》んで公子へ投げた。

ボトルが公子の肩に当って、公子が尻餅《しりもち》をつく。続けてもう一本が、彼女の足許《あしもと》で割れ、次の一本は公子の後からやって来た安夫の顔を直撃した。

「清さん、早く、外へ……」

「悠さん」

清一郎が倉庫とワインカーヴとの間の戸を閉め、素早く掛け金を下した。

それからもの凄《すご》い速さでカーヴから台所へ上り、外へとび出して、壁ぎわの薪置き場の脇にあった鉄の扉のところへ行ってみる。

古風な鉄の扉は、幸いにも外から錠が下りていた。

つまり、安夫もそこから地下室へ入り込んだのではなく、裏口からカーヴに侵入していたらしい。

少くとも、これで安夫と公子はセイロンハウスの地下室に閉じこめられたことになる。

門のほうから林原星子が走って来た。

その背後に警官の姿がみえる。

「あたし、矢部さんがいつまでも戻って来ないので怖くなって……交番へおまわりさんを呼びに行ったんです」

矢部が清一郎をみ、彼が警官のほうへ近づいて行った。

セイロンハウスの地下室で、稲村公子はナイフを胸に突き立てて死んで居《お》り、安夫のほうはその傍《そば》で、がたがた慄《ふる》えながら泣いているのを警官に連行された。

取調べに対して、安夫は最初、自分はセイロンハウスの地下のカーヴに忍び込んで、ワインをしたたかに飲み、酔って寝てしまっていただけで、なにも知らないといい続けていたが、係官から彼の上着の内ポケットに入っていた遺書を示されると、急に黙りこみ、やがてぽつぽつと自供しはじめた。

その遺書は、安夫の母、高見沢要子が安夫にあてて書いたもので、

すべての罪はお母さんが、お父さんと共にしょって行きます。お前は安心して、いい人生を送って下さい。

と書いてある。

警察では、すでに高見沢丈治、要子夫婦の死は、丈治が経済的に破綻《はたん》し、また、浮気によって夫婦間が冷えたのを苦にして、要子が趣味でやっていた彫金で入手した青酸系化合物をデカンタしたポートワインに仕込んで無理心中をはかったものではないかとみていたが、この遺書によって、夫婦の死因に安夫の犯した罪の清算というのが含まれているものとして、安夫を追及した。

その一方、セイロンハウスの地下室を捜索した結果、古い茶箱の中から森山カメラマンの死体と思われるものが発見され、同時に、清一郎や矢部が地下室で聞いた稲村公子の言葉についての証言もあって、遂に、安夫は、清一郎と間違えて、森山カメラマンを殺害してしまったことを告白した。

高見沢安夫が自供したセイロンハウスの事件とは、次のようなものであった。

そもそもは昨年の十二月十五日の夜のことであった。

その午後、高見沢分家の当主、丈治はセイロンハウスへ来て、従姉《いとこ》に当る高見沢隆子に借金を申し込んだ。

丈治は日本中がバブルで浮かれている最中、借金をして不動産を取得し、転売して文字通り泡銭《あぶくぜに》を手にして大成功したように思っていたが、バブルがはじけてみると残ったのは借金だけ、それも莫大《ばくだい》なもので私財を売り払っても到底、追いつかない。会社は倒産に追い込まれ、金策に窮して隆子に助力を求めたが、すでにその実状を知っていた隆子は、一切の援助を拒絶した。

「やけになった父は、一度、帰宅してから、俺と一緒にもう一ぺん、本家へ忍び入り、倉庫からワインカーヴへ行きました」

セイロンハウスの地下室は三分の二が倉庫、三分の一がワインカーヴになっていて、そこは台所にあるワインカーヴへの階段と、外から鉄の扉を開けて地下室へ入る方法と二つの出入口があったのだったが、昭和十三年にセイロンハウスの持主だったマーカス・ハードマンが破産して日本を去った後、その家を入手した高見沢英治がやがて、外からの扉の裏側にコンクリートの壁を作って、地下室の出入口をふさいでしまった。

それは、マーカス・ハードマンの会社、ブラザ商会がひっかかった狐《きつね》っ葉《ぱ》事件の主犯であった高見沢満介が、事件当時、満州へ逃亡し、ほとぼりを冷まして帰国した後、暫《しばら》く、この地下室にかくれ住んでいたためであった。

満介の伜《せがれ》の丈治は子供の頃、地下室へ出入りしていて、この地下の倉庫とカーヴの仕切りを知っていた。

で、本家へ出入りして、カーヴのワインの整理をするといっては、地下室へ入り、ふさいだ外からの出口を調べていた。

丈治と安夫が、そっちの出口に穴をあけて、外から地下室へ出入り出来るようにしたのは、隆子が未亡人になり、清一郎と共にセイロン亭の経営にいそがしくなってからのことらしい。

「本家に人が居らんような時をねらって少しずつ、壁に穴をあけて……まあ、戦争中の素人《しろうと》工事やし、古うなっていて、案外、簡単でした」

と安夫は取調べに対して答えている。

ともあれ、十二月十五日の夜、丈治が安夫とセイロンハウスの地下室へやって来たのは、ワインカーヴの中から高価なワインを盗み出すためであった。

高見沢本家のカーヴにはオークションにかけられるほど値打ちのあるワインや、古い年代のポルトガルワインなどが秘蔵されていた。

それらの多くは、マーカス・ハードマンのコレクションを、そっくり高見沢英治が屋敷ごと買い取ったもので、更に、それがきっかけでワインに興味を持つようになった英治が晩年、金にあかせて買い集めたのも少くなかった。

丈治はそれらを少しずつ持ち出して自分で飲んだり、人にやったりしていたが、金づまりになった今はもっぱらワイン業者へ持ち込んで売りとばして、こづかい稼《かせ》ぎにしていた。

丈治と安夫が地下室へ忍び入ったのは、ちょうど九時すぎ、安夫の供述によると、通いのお手伝いである林原和代が仕事を終えて、セイロンハウスを出て行ったあとのことであった。

「父は、本家の通用口のくぐり戸の鍵を持っていました。なんでも、隆子小母《おば》さんの亭主の清行《きよゆき》さんが歿《なくな》った時のどさくさにまぎれてコピイを取ったとかいってましたが……」

従って、通用口の鍵が閉まっていても、勝手に鍵を開けて入ることが出来た。

「今日、僕がワインカーヴに入った時も、その鍵を使いました」

悪びれた様子もなく、安夫は係官に答えている。

だが、それよりも、係官を驚かせたのは、それからの安夫の話であった。

カーヴへ忍び込んだ丈治と安夫が困ったのは、いつもなら、もうベッドに入る筈《はず》の隆子が、どうやら起きているらしいことであった。

もっとも、地下室と隆子の居間や寝室とはかなり遠いので、少々、物音を立てても気づかれる心配は少いが、ひょっとして隆子が寝酒でも欲しくなってカーヴへ取りに来ないとも限らない。

それで、丈治と安夫は地下室で、カーヴから持ち出したワインを飲みながら、隆子の寝るのを待っていた。

十時すぎ、車の音がした。帰ってきたのは稲村公子であった。

出迎えた隆子が、大事な話があるから居間へ来るようにといっているのを、カーヴの中から様子を窺《うかが》っていた安夫が耳にした。

大事な話というのが気になって、安夫はカーヴの階段を上って台所から居間の廊下へと足音を忍ばせて行ってみた。

安夫が更にびっくりしたのは、隆子が公子に対して、清一郎との結婚は中止したと宣言したことである。

「あんなもんを家へ入れたのは、うちの一生の間違いや、と隆子小母さんが叫んでいました」

だが、公子はどうしても清一郎と結婚したいといい、二人は強烈な口喧嘩《くちげんか》になった。

「隆子小母さんが、あんたはほんまのことを知らんのや。あんたのほんまの親は誰か、いうたる、いうようなことをいってました。けど、その時、なんや、えらい叫び声がして……」

人の倒れる音がした。

で、安夫がドアを開けてみると、隆子がぶっ倒れて居り、手に菊花石《きっかせき》の置物を持った公子がまっ青な顔をして突っ立っていた。

安夫は父を呼びに行き、丈治が来た。

茫然《ぼうぜん》自失といった状態の公子を丈治がなだめ、安夫に命じて、外から泥棒《どろぼう》が入ったような細工をさせた。それから、公子に警察へ電話をする手順をくわしくいい含め、菊花石を持って地下室へ戻ったのは、清一郎が帰って来て車を入れる物音がしたからである。

清一郎が家へ入るのと入れかわりに、丈治父子《おやこ》はセイロンハウスを抜け出して、まっしぐらに須磨の家へ帰った。

T

「テレビでも報道されたし、週刊誌の記事も随分、読んだけど、まだ、なんだか信じられない気がするね」

よく晴れた初秋の静岡、矢部家の茶の間に久しぶりにやって来た弟を前に、兄の久志が繰り返した。

「いくら、好きな男と結婚させないといったからといって、幼い日から母親同然の伯母さんを、はずみで殺したってのは……」

「兄さんは女の怖さを知らないからだよ」

悠が笑った。

「女は、かっとなると何をするかわからない」

「人間は、といい直しなさい」

兄弟の母親が抗議した。

「かっとなって、そういうことをしでかすのは男にも女にもあることや。むしろ、その人の性格が問題なのと違いますか」

久志が首をすくめた弟をみた。

「公子さんというのは、そんなに激しい性格だったのか」

「そうはみえなかったが……しかし、高見沢隆子という人は、相当の鬼女だったらしいからね」

伯母と姪《めい》なら、その血をひくのかも知れないと悠はいった。

「それに、清一郎の話だと、生前の隆子さんは公子さんに対して、まるで本当の娘のように遠慮のないものの言い方や叱《しか》り方をしたというから……」

本当の母と娘なら、言葉のはずみでどんなにののしり合ったとしても、五分も経たない中《うち》に、けろりとしてしまう。

「隆子さんのほうは、そういうふうだったが、公子さんはそうは行かなかったといっていたよ」

長年の鬱積《うっせき》したものが、もののはずみでとび出したのかも知れないと悠は思っていた。

「まあ、もう逃げられないと悟って、ナイフで自殺したくらいだから、性格的には強いだろうな」

男の安夫のほうが、おろおろと泣きながら逮捕された。

「しかし、本当に悪いのは、高見沢丈治だよ」

感情に激して伯母をなぐり殺してしまった若い女を利用して、この際、高見沢本家の財産を横領することを考えた。

「俺がセイロンハウスに泊った夜、地下室から忍び込んで、カモミール茶に薬を投入したのは安夫だが、そう命じたのは父親の丈治だからね」

芦屋のレストラン・セイロン亭で清一郎と一緒に食事をしていた矢部悠をみて、その夜、悠がセイロンハウスへ泊るのを察知し、清一郎を殺害する手筈を実行に移した。

「彼一人の時をねらったら、警察だって分家があやしいと思うだろう。泊った友人まで殺されていれば、ひょっとして清一郎がノイローゼでということになるかも知れない」

「危なかったな」

久志が弟の顔を眺めて吐息をついた。

「今だから笑えるけどさ。安夫の奴がカモミール茶に薬を入れに来ていて、ワインカーヴの中で飲みすぎて、つい、寝込んじまったんだと。それで、四時すぎに目をさまして、清一郎のと、俺の部屋へ忍び込んでさ、その出て行く音で俺がまず目がさめた」

階段を下りて行く足音を聞き、起きて階下へ行ったが、その時、安夫はもうカーヴへ逃げ込んでいた。

五時には、清一郎がセットしておいた目ざまし時計が鳴り、結果的には、悠が彼の部屋へとび込んで、救急車を呼ぶことになった。

「安夫って奴、けっこう、どじなんだ」

「でも、そのどじな奴に、森山さんが殺されたんでしょう」

母にいわれて、悠はしゅんとなった。

森山カメラマンは、セイロンハウスを訪ね、たまたま、裏口から入って行く安夫の姿をみかけた。これはおかしいと追跡して行ってワインカーヴの中で、逆に安夫に襲われた。

「安夫は、酒を盗みに入ったのを、清一郎に気づかれたと思ったそうだ。どっちみち、清一郎を殺しそこなっていたのだから、この際と決心したというのだがね」

地下室の茶箱の中の変り果てた友人の姿をみた時のショックが甦って、悠は声をつまらせた。

「安夫というのも悪い奴だけど、公子って人もしたたかだわね」

といったのは久志の妻の三津子で、

「だって、最初は自分の殺人現場をみられて、丈治って人にお金をせびり取られた。でも、今度は安夫が森山さんを殺したのを知って、逆に丈治の奥さんを脅迫した。結局、要子さんが無理心中したのは、それが大きな原因だったんでしょう」

「やっぱり、女は怖いよ」

悠が最初の結論へ戻し、母親と兄嫁が顔を見合せた。

なんにしても、二つの殺人事件と一つの心中事件はこれで解決したようなものだったが、

「実は、わからないことが一つ、あるんだ」

と悠がいった。

昨年十二月、清一郎の話だと十三日の夜のこと、電話で、

Do you know the secret of Ceylon house?

といって来たのは、誰なのか、更にはその翌日の手紙にあった、

你知道不知道　錫兰亭的秘密?

というのは、なんのことか。

「そいつを清一郎に訊いたら、やっと返事が来た」

明日、午後三時までに須磨寺まで来てくれないか、というものである。

「それで、行くのか」

いささか不安そうに兄が訊き、弟は胸を張った。

「勿論、行くよ」

これでもルポライターのはしくれだといばってみせてから、つけ加えた。

「心配しないでいいよ。兄さんも知っている横浜の宋一波さんからも電話があったんだ。セイロンハウスの、いや、ブラザ商会にとって忘れがたい思い出の矢部家の息子さんを、レナード夫人が招待したいといっている。是非、須磨寺へ行ってあげてもらいたいとね」

レナード夫人とは、ブラザ商会の社長、マーカス・ハードマンの弟、レナード・ハードマンの夫人、高見沢安奈に違いない。

「明治三十九年生まれの筈だから、八十七歳のおばあちゃんだよ」

そういった悠の瞼《まぶた》の裡《うら》に、一人の女性の顔が浮かんでいた。

清一郎が須磨寺へ来てくれないかといった時、悠の脳裡《のうり》にひらめいたのは、須磨寺の境内で出会った品のよい老婦人の優しい笑顔であった。

あの老婦人は、長田けいの母親であった。

そして、悠は鮮やかに思い出していた。

横浜の宋一波を訪問した時、悠を案内してくれた中年のもの静かな女性であった。

その人は、宋一波を、

「おとうさん」

と呼び、更に悠の話の最中に、

「姉さんが知らせてきた清一郎のお友達というのは、あなたでしたの」

と発言していた。

彼女が姉さんと呼んだのは誰のことなのか、悠は目下のところ、自分の推量が的中するのをたのしみにしている。

翌日も快晴であった。

静岡から新大阪駅へ下り、JRで悠は須磨へ出た。

そこからは徒歩で、須磨寺の参道へ入ったのは午後三時に十五分も早かった。

中門から竜華橋《りゅうげ》を渡り、仁王門をくぐって若木桜の横を通り、石段を登り切って唐門《からもん》から境内にふみ出した。

本堂から参詣《さんけい》をすませたらしい四人連れが下りて来るところであった。

老婦人は高見沢清一郎に手をひかれていた。

そのあとから長田けいともう一人、

「やっぱり」

悠は心中でうなずいた。

秋空の下でみた長田けいと、宋家の中年女性の面《おも》ざしは、本当によく似ている。

「悠さん、よく来てくれたね」

清一郎が呼んだ。

老婦人と二人の女性が、近づいて来た悠を柔かな微笑で迎えている。

「紹介するよ、悠さん。僕の祖母の安奈おばあさん、僕の母、それから母の妹、僕の叔母さん……」

「宋百子《ももこ》です」

横浜の宋家の婦人が頭を下げた。

「僕の想像が当りましたよ」

一人一人に丁寧に頭を下げて、悠はいった。

「清さんから電話があって、それから、横浜の宋老人から電話を頂いて……もしかするとと思いながらやって来ました」

四人が同時にうなずき、安奈がいった。

「流石《さすが》、矢部さんのお孫さんや、ええ勘をしてなはる」

清一郎がうながした。

「彼はなにもかもわかっているようですから、まず、お墓まいりに行きましょう」

その道は、境内を抜けて平敦盛の首塚のある墓地へ向っていた。

この前、悠が老婦人と長田けいに出会ったところでもある。

清一郎は祖母をいたわりながら、首塚の上の道を上って行く。

そこに一基の墓があった。

西洋風の墓石の正面には、英文が刻まれていた。

そして、裏面には日本語で、

「こよなく日本を愛した英国人、レナード・ハードマン、ここに眠る」

と彫られていた。

悠を含めた五人が、墓に対して交替でお詣《まい》りをした。

「レナード御夫妻は、いつ、日本へお戻りになったのですか」

ごく自然に、悠が訊いた。

「今年で丸十五年でしょうかね」

老婦人が答え、長田けいが補った。

「最初は横浜に住みました。妹の百子が宋家へ嫁いで居《お》りましたので……」

宋一波の息子の均が夫だといった。

「神戸の、今の家へ移りましたのは、清行さんが歿《なくな》ってから……」

母の視線を清一郎が受けた。

「母と、歿った父とはロンドンで知り合ったそうだ。母はその頃、ロンドンで教育を受けていて、日本人客の通訳をアルバイトにしていた。父は商用でロンドンへ行って……」

いたわりのこもった我が子の視線が戻って来て、長田けいはほほえんだ。

「私は、十八で結婚しました。長田という日本の外交官で、当時、香港に来ていました」

だが、その結婚は短かかった。

「一年少しで夫が急病で歿りました。私、勉強のやり直しをしたくなって、ロンドンの学校へ入ったのです」

そのロンドンで高見沢清行とめぐり合い、二人は恋に落ちた。

だが、清行にはすでに高見沢隆子という妻があった。

「清行さんは離婚して、私と再婚するといってくれました。自分の結婚は失敗だったとおっしゃって……」

しかし、二人の恋は、レナード・ハードマンの激しい拒絶に押し潰《つぶ》された。

「レナードは……」

と安奈老婦人が墓へ語りかけるように話し出した。

「高見沢家を憎み続けていました。それはそうでしょう。よりによって、妻の兄弟が会社を潰し、財産を横領したのですから……」

ブラザ商会の社員でありながら、狐《きつね》っ葉《ぱ》事件を仕組んだのは、安奈の姉婿《あねむこ》であり、その悪事に加担したのは、安奈の兄であった。

「でも、レナードは公平な人でした。高見沢家を憎みましたが、私への愛は変りませんでした。私は離婚を申し出ませんでした。彼を信じ、彼とどこまでも運命を共にしました」

レナードとの間には二人の娘が誕生していた。

長女が長田けい、次女が宋百子。

「レナードは二人の娘をとても愛していました。でも、高見沢家に籍のある男との結婚だけは、どうしても許すことが出来ませんでした」

悠がうなずいた。

「運命とは、随分、皮肉なものですね」

「清行さんは、せめて私の形見として、子供だけは手許《てもと》におきたいといいました。そして、私がレナードの娘というのをかくして、高見沢英治に打ちあけたのです」

商用でロンドンに滞在する中《うち》に女が出来て、子供が出来た。子供をひき取って女と別れるか、或《ある》いは隆子と離婚するかだと相談した清行に、高見沢英治は子供はひき取って籍に入れるから隆子と離婚だけはしないでもらいたいといった。

当時、隆子と清行の間には子供がなかった。

英治の腹づもりでは、当時の日本人がよく考えたように、もしも、正妻に子がなかった場合のために、妾腹《しょうふく》の子を認知しておくというものだった。

しかし、その後も、清行と隆子の間には子が出来なかった。

清行の手許にひき取られた清一郎の様子を他《よそ》ながら見守ったのは宋家の人々であった。

「宋家は神戸に本拠がありました。私も結婚当初は神戸で暮していましたから……」

百子がいった。

「茶の取引を通したりして、高見沢家の噂はいくらでも耳に入って来ました。そして、私はとうとう機会を得て、清行さんに会ったのです」

恋人の妹が、宋夫人となって神戸にいるのを知って、清行は喜んだ。

百子の夫の宋均が仲介して、二人は連絡を取り合った。

「清行さんは、奥さんを拒絶しているといいました。それでは、子供が出来る筈《はず》はない。でも、奥さんには子供が出来たのです」

悠はあっけに取られた。

清一郎の表情が曇り、老婦人も長田けいもうつむいた。

だが、百子は話さずには居られないといった様子であった。

「高見沢隆子は、妹の夫と通じたのですよ」

「妹……佐紀子さんの夫なら、稲村……」

「稲村芳夫です」

「それじゃあ……」

といいかけて、悠は絶句した。

あまりにも、むごい人生がそこにみえたからである。

清一郎が重く告げた。

「君にはかくしても仕方がない。公子は高見沢隆子の娘だったんだ」

「知ってたのか、公子さんは……」

清一郎がかぶりを振った。

「いや、最後まで知らなかった。知らなくてよかったと思っている」

隆子と公子が母子《おやこ》と聞けば、すべてが思い当ると清一郎はいった。

隆子が公子に我が娘に対するように遠慮のない態度を取ったことも、きびしすぎるほどに躾《しつ》けたことも、そして二人の性格の似ていたことも、激しく反撥《はんぱつ》し合ったことまでもが、母子と知れば合点が行く。

「どうして、隆子さんはそのことを公子さんに話さなかったんだ」

夫の清行も気がついていたことである。

「まずいと思ったんだろう。僕と隆子とは養子縁組をしている、形式上だが親子だ」

息子と娘を結婚させては、世間体が悪い。

それよりも、少くとも、結婚までは、妹の娘としておいて、結果的に高見沢家を相続させる。

「高見沢隆子という人は、そういった合理的な考え方をする女だったんだよ」

墓地のほうに観光客らしい一団がやって来て、安奈が一同に声をかけた。

「もう、行きましょう。公子のことは二度と口にしないで……神様は時折、むごいことをなさるとは思いますよ」

成程《なるほど》と、悠は心中で合点した。

レナード夫人である安奈にしてみれば、今度の事件は、神が高見沢家に鉄槌《てっつい》を下したということも出来る。

須磨寺の境内には、明るい陽がこぼれていた。

「一つだけ質問させて下さい。長田さんが高見沢家に近づいたのは、清一郎君を見守るためですか」

けいがうなずいた。

「母親として、父親の死後、息子を守ろうとするのは当然でしょう。私は機会をみて、清一郎にすべてを打ちあけ、清一郎をひき取ろうとしていました」

が、どうしていいかきっかけがつかめない。

「息子に、あまりにも身勝手な母親だと思われるのは、つらかったものですから……」

姉の逡巡《しゆんじゆん》をみて、妹は行動を起した。

「夫に頼んで、清一郎に電話をしてもらいました。手紙も出しました」

「ああ、それが、セイロン亭の秘密を知っていますか、ですか」

妹にうながされて、けいも決心した。

「十二月十五日に、私、外で、隆子さんに会い、すべてを打ちあけたのです」

セイロン亭の財産はビタ一文いらない、昔の怨《うら》みも忘れる。ただ、清一郎を返して欲しいと哀願したけいに対して、隆子はいきなりバッグでなぐりつけ、立ち去ったという。

そして、その夜、思いがけない殺人が起った。

隆子が深夜、帰宅した公子に清一郎との結婚を破棄すると宣言したのは当然であった。逆上した隆子は理路整然と娘に真実を打ちあけることが出来ず、ひたすら激情にまかせて、結論を急いだ。

そして、娘も実の母親の真意を知らぬまま、はずみで殺人を犯してしまった。

悠の気持の中で、それを神意と解釈するのは無理であったが、長年、苦難に耐えて来たレナード夫人と二人の娘の立場を思えばこだわるのも酷《むご》い気がする。

「悠さん」

そっと、清一郎がいった。

「悠さんがいやな気分になるのを承知ですべてを打ちあけたのは、もしかすると、君も僕のために巻き添えで殺されていたかも知れないと思ったからだ」

そして、と続けた。

「なんであろうと、俺は乗り越える。祖母と母を幸せに出来るのは、俺の心だけだと知っているからだよ」

安奈はもとより、けいも百子も、そして清一郎も、まさしく高見沢家の血族であった。高見沢家の血をひく者が、高見沢家の悲劇を乗り越えて生きて行くのであった。その重さを思えば、他人はなにもいうことはなかった。

「清さん、応援するよ」

「そうか」

さし出した悠の手を清一郎が握り、軽く振った。

「いやでなかったら、今夜、一緒に食事をしてくれ、星子も来るんだ」

かすかに、はにかみをみせた友人に、悠は笑いながら肩を叩いた。

「喜んで、ハードマン家の御招待を受けるよ」

ここは寺であった。

御仏《みほとけ》も神も、弱い人間を救い給《たも》う存在であり、人は追いつめられた時、それにすがろうとする。

安奈が天意といったことにこだわる気持がゆっくり消えて行くようであった。

老いた祖母へ孫息子が走りより、肩を抱くようにして歩き出す。そのあとを二人の女が行き、悠が続いた。

須磨寺の参道に、海からの風が吹いていた。

解説

伊東昌輝

小説「セイロン亭の謎」は、平成五年（一九九三）に雑誌「小説中公」一月号から十一月号まで十回（九月号休載）にわたって連載されたものである。

平岩弓枝の小説は、現代物、時代物に大別され、さらにその中には推理物、恋愛物、捕物帖《とりものちょう》、歴史物等、ひじょうに多岐にわたっているが、これまでに出版された単行本約三三〇冊のうち、時代物が約二〇〇冊、現代物が約一三〇冊という点からみると、彼女の仕事は現代物よりも時代物のほうにやや重点が置かれていることが分る。

とくに最近は、「御宿《おんやど》かわせみ」や「はやぶさ新八御用帳」などが好評のせいもあって、時代物の仕事が増えているようだ。

しかし、当人の話によると、時代物の仕事が続くと、なんだか無性に現代物が書きたくなるとのことで、この作品も前後の仕事ぶりから察するに、こうした書きたくてたまらなくなって書いたものではないかと思われる。

「セイロン亭の謎」を書くきっかけとなったのは、執筆を始める数年前、神戸の某レストランで、そこのご主人から或《あ》る異人館にまつわる不思議な話を聞いたことからだった。話は昭和十五、六年の戦争中のことだが、その異人館に日本人の夫とドイツ人の妻が住んでいて、貿易関係の仕事をかなり手広くやっていた。ところが、何かの理由でこの夫婦にスパイの容疑がかかり、憲兵が私服で屋敷の回りをうろつくようになった。

この時代、軍の権力は絶大で、スパイ容疑がかけられたということだけで、逮捕されたり極刑に処せられたりという例は、有名なゾルゲ事件ではないが、けっして珍しいことではなかった。

そのことにいち早く気付いたこの貿易商夫妻は、ひそかに日本を脱出し、満洲へと逃亡した。普通なら此処《ここ》で話は終るわけだが、この夫妻はそれから間もなく、どういうルートを辿《たど》ったのかは分らないが、官憲のきびしい監視の目をかいくぐり、自宅である西洋館に舞い戻り、終戦の時まで無事に地下倉庫の中で暮していたというのである。

レストランの主人は、ワインの関係でその貿易商とは親しく交際していたので、邸内の間取りや、地下室の構造などは熟知しており、まるで掌《たなごころ》を指すように説明してくれたそうだ。

異国情緒あふれる神戸といい、謎にみちた異人館といい、小説の舞台として作家の夢をふくらますにはもってこいの場所だったわけだ。

この神戸の旅の収穫はもう一つあって、小説の終りの方に出てくる須磨寺《すまでら》は、やはりこの時に訪ねており、その時、たまたますれ違った品のよい老婦人の印象が、のちに長田けいの母親であるレナード夫人こと高見沢安奈として描かれることになった。

モデルとなった人物についていえばもう一つ、おもしろい話がある。

奇妙な洋館の話を聞いたのと同じ頃、平岩はやはり同じ神戸の元町で、とある中華料理店の前に人の行列ができているのを見て、その最後尾についた。ちょうど昼食時だったのと、行列ができるほどの店なら味もよかろうと思ったからだ。

あとで考えると、並んでいる人のほとんどが中国人で、しかもフォーマルな服装だったから、おかしいと思うべきだったのだが、そのときは空腹だったため気がつかなかった。

しばらくして先頭に近くなったとき、その行列が、じつは食事の順番を待つためではなく、その家の法事に参列するためのものだったことが分かった。

店内は道教風な祭壇が設けられ、その傍《そば》に主人らしいやや赧《あか》ら顔の老人が坐《すわ》っていた。

ここまで来てはもう逃げるわけにもいかず、平岩は前の中国人にならって主人に挨拶をしてから、祭壇の写真に拝礼し、戻ろうとすると、店の者に呼びとめられてラーメンを一杯供された。たぶんこれは参列者に対するお礼か、被葬者への供養《くよう》のためだったのだろう。

ところが、このラーメンの味が抜群にうまく、それからというもの、神戸へ行くたびにこの店に寄るようになったという。

ずいぶんそそっかしい話だが、そのお蔭《かげ》で味の名店を発見することができたと、当人はむしろ誇らしげだった。

何故こんなことを書いたかというと、じつはそのときの中華料理店の主人をイメージして、この小説の中にでてくる宋一波という人物を描写したといっているからだ。

平岩は、或る作品を書きはじめる前、たいがいの場合、大学ノート一冊分くらいの創作ノートを作成する。その中には登場人物たちの経歴や系譜、性格などが綿密に書き込まれている。その小説の舞台となる土地や歴史を調べることはもちろんだが、それぞれの登場人物にたいして、実在の人間をイメージとして重ねているということを、今回、この解説を書くにあたって、亭主である私もはじめて知ることができた。

たしかに、そのほうが人物を描写する場合、書きいいだろうし、動かしやすいに違いない。読む側としても、リアリティを感じることになるのだろうと思う。

この小説を面白くしているもう一つの要素は、お茶の輸出をめぐる詐欺《さぎ》事件を物語の背景に据えたことだ。

まだ発展途上国だった頃の日本にとって、もっとも重要な輸出品は絹とお茶だった。

たとえば、第二次大戦前の女性のストッキングは絹で作られており、お洒落なアメリカ人女性などは戦争がはじまると日本からの絹の輸入がとまるといって、恐慌をきたしているなどという話が海のかなたから伝わってきたほどだ。

お茶をめぐる詐欺事件、いわゆる狐っ葉《きつねっぱ》事件もたびたび起ったようで、平岩はこれを題材にして、「おんなみち」という小説を書いている。昭和四十二年十一月から静岡新聞に連載したもので、時代は明治の中頃、静岡の茶問屋をめぐる詐欺事件と、その店のひとり娘世津の波乱にみちた人生を描いている。

「セイロン亭の謎」を書く前の、構想の段階で、おそらく「おんなみち」の事件は作者の頭の中に浮かんでいただろうと思われる。

この小説の主人公矢部悠の実家の茶問屋は静華堂であるのに対し、「おんなみち」のほうは清華堂となっていることからも、それがうかがえる。

「セイロン亭の謎」のほうでは、狐っ葉事件が具体的にどのようにして行われたかは書かれていないが、「おんなみち」ではそのからくりが詳細に描かれている。もちろん作品の性質上、この作品では過去の事件としてその内容を省略しているが、もし、その辺が気になる方は、「おんなみち」を読まれてみるのもいいかもしれない。

セイロン亭は、主としてセイロン紅茶を客に出す店という設定だが、平岩がセイロン島、いまは戦後名前が変ってスリランカに旅したのは、この作品を書く十年ほど前のことだった。

小説の中でも〈金はなかったが、時間はあり余っていた頃だったから、セイロン島の殆《ほと》んどを歩き廻《まわ》った。〉と書いているように、この時の旅行も、二週間ほどかけてゆっくりと観て回った。実際はテレビ脚本や舞台の台本、連載小説とかなり多忙な日々だったが、まだ若いということもあって、かなりのハードスケジュールをこなしていたのだ。

冒頭にも、これまでに刊行された単行本の数が三百数十冊に上ると書いたが、このほかにもテレビ脚本、舞台台本などを入れると、その量は膨大なものになるだろう。

作家の価値は作品の内容であって、量の多さでないことはもちろんだが、それにしても、なぜこれだけの作品を書くことができたかということは、セイロン亭ならずとも少なからぬ謎であるかもしれない。

その答えの第一は、彼女の作品が読者や視聴者の方々から長期間支持していただけたことだろうと思う。いくら作家が作品を書きたいと思っても、プロであるかぎりは、注文がなければどうにもならないわけで、その点、本当に仕合せな作家だった。

第二は、健康にめぐまれていたことだろう。ハードなスケジュールをこなすには、人並以上の健康を保持する必要がある。一晩に百枚くらいの原稿用紙をうめるということは、精神的にも肉体的にも想像以上に苦しいことなのだ。それをこの作家はこれまでに何度もこなしているし、五十枚程度なら、毎月、何度かのハードルを越えている。もっともこれは、単に肉体的な健康に恵まれているからといって出来るものではなく、それと同等か、むしろそれ以上の精神力の強さがともなわなければ不可能なわけだから、この答えは、心身の健康に恵まれていたからという方がより適切かもしれない。

そして第三番目の答えは、好奇心がひじょうに旺盛《おうせい》だということだろうか。かといってこれを誰よりもとか、人一倍といういいかたも適当でないような気がする。むしろ自分の好きなものに対して、それをあくまで追求するというか、いつまでも興味を失わないというべきなのかもしれない。

時代小説の原点となっているのは、江戸時代とあまり変っていないような環境の神社に育ったこと、娘時代から好きで始めた日本舞踊、長唄、三味線、仕舞、また芝居見物、読書など。現代小説の原点はこれももちろん少女時代からの読書や観劇、それに旅行好きなことも大事な要素の一つになっているのではないだろうか。

人間をニワトリに例えて恐縮だが、ニワトリは一生のうちに産む卵の種をすべて腹の中に持っていて、それを次々と産んでいくのだという説があるが、この作家も、どうやらニワトリと同じで、若い頃、書きたいもののすべての種を胸の奥に貯蔵してしまい、それを次々と作品として産みだしているような気がするのだ。

いいかえれば、若い頃に抱いた或ることへの興味をいつまでも失わず、大事に育ててきたからこそ時代物、現代物、戯曲などと多方面にわたる活躍が可能だったと思うのである。

そして最後に、これは以上の三つをはるかに超えるものとして、学識とか理論とか主義とかでなく、不幸や苦しみ、悩み、辛《つら》さを逆に喜びや楽しみや、希望に変換していくことのできる温かい心、豊かな心を持っていることではないかと思う。それは、長谷川伸というよき師に恵まれ、しっかりとした日本人の背骨を持つ両親のもとに育ち、戸川幸夫、村上元三、山岡荘八などというよき先輩諸氏にめぐまれた結果にほかならない。作家としていよいよ円熟期にさしかかっているこれからが、多分、彼女にとって本当の意味での真価が発揮されることになるのではないだろうか。大いに期待するところである。

（平成十年一月、作家）

単行本　一九九四年三月　中央公論社
一次文庫　一九九八年三月　新潮文庫
DTP制作　エヴリ・シンク

文春文庫

セイロン亭《てい》の謎《なぞ》

定価はカバーに
表示してあります

2023年 2 月10日　第 1 刷
2023年 9 月25日　第 2 刷

著　者　平《ひら》岩《いわ》弓《ゆみ》枝《え》
発行者　大沼貴之
発行所　株式会社 文藝春秋

東京都千代田区紀尾井町 3-23　〒102-8008
TEL　03・3265・1211(代)
文藝春秋ホームページ　http://www.bunshun.co.jp

落丁、乱丁本は、お手数ですが小社製作部宛お送り下さい。送料小社負担でお取替致します。

印刷・凸版印刷　製本・加藤製本

Printed in Japan
ISBN978-4-16-791998-6

文春文庫　平岩弓枝の本

（　）内は解説者。品切の節はご容赦下さい。

平岩弓枝
鏨師《たがねし》

無銘の古刀に名匠の偽銘を切る鏨師と、それを見破る刀剣鑑定家。火花を散らす厳しい世界をしっとりと描いた直木賞受賞作「鏨師」のほか、芸の世界に材を得た初期短篇集。（伊東昌輝）

ひ-1-109

平岩弓枝
秋色（上下）

有名建築家と京都の名家出身の妻、この華麗なる夫婦の実態は……。シドニー、麻布、銀座、奈良、京都、伊豆山と舞台を移して、華やかに、時におそろしく展開される人間模様。

ひ-1-126

平岩弓枝
花影の花　大石内蔵助の妻

大石内蔵助の妻の視点から描いた平岩弓枝版忠臣蔵。華々しく散った夫の陰で、期待に押しつぶされる息子とひたむきに生きた妻。家族小説の名手による感涙作。吉川英治文学賞受賞作。

ひ-1-129

平岩弓枝
御宿かわせみ

「初春の客」「花冷え」「卯の花匂う」「秋の蛍」「倉の中」「師走の客」「江戸は雪」「玉屋の紅」の全八篇を収録。江戸大川端の小さな旅籠「かわせみ」を舞台とした人情捕物帳シリーズ第一弾。

ひ-1-201

平岩弓枝
江戸の子守唄　御宿かわせみ2

表題作ほか、「お役者松」「迷子石」「幼なじみ」「宵節句」「ほととぎす啼く」「七夕の客」「王子の滝」の全八篇を収録。四季の風物を背景に、下町情緒ゆたかに繰りひろげられる人気捕物帳。

ひ-1-202

平岩弓枝
水郷から来た女　御宿かわせみ3

表題作ほか、「秋の七福神」「江戸の初春」「湯の宿」「桐の花散る」「風鈴が切れた」「女がひとり」「夏の夜ばなし」「女主人殺人事件」の全九篇。旅籠の女主人るいと恋人で剣の達人・東吾の活躍。

ひ-1-203

平岩弓枝
山茶花《さざんか》は見た　御宿かわせみ4

表題作ほか、「女難剣難」「江戸の怪猫」「鴉を飼う女」「鬼女」「ぼてふり安」「人は見かけに」「夕涼み殺人事件」の全八篇。女主人るい、恋人の東吾とその親友・畝源三郎が江戸の悪にいどむ。

ひ-1-204

平岩弓枝
幽霊殺し
御宿かわせみ5

表題作ほか、「恋ふたたび」「奥女中の死」「川のほとり」「源三郎の恋」「秋色佃島」「三つ橋渡った」の全七篇。江戸の風物と人情、そして「かわせみ」の女主人るいと恋人の東吾の色模様も描く。

ひ-1-205

平岩弓枝
狐の嫁入り
御宿かわせみ6

表題作ほか、「師走の月」「迎春忍川」「梅一輪」「千鳥が啼いた」「子はかすがい」の全六篇を収録。美人で涙もろい女主人るい、恋人の東吾、幼なじみの同心・畝源三郎の名トリオの活躍。

ひ-1-206

平岩弓枝
酸漿《ほおずき》は殺しの口笛
御宿かわせみ7

表題作ほか、「春色大川端」「玉菊燈籠の女」「能役者、清大夫」「冬の月」「雪の朝」の全六篇を収録。おなじみの人物を縦横に活躍させて、江戸の風物と人情を豊かにうたいあげる。

ひ-1-207

平岩弓枝
白萩屋敷の月
御宿かわせみ8

表題作ほか、天野宗太郎が初登場する「美男の医者」「恋娘」「絵馬の文字」「水戸の梅」「持参嫁」「幽霊亭の女」「藤屋の火事」の全八篇。ご存じ〝かわせみ〟の面々が大活躍する人情捕物帳。

ひ-1-208

平岩弓枝
一両二分の女
御宿かわせみ9

表題作ほか、「むかし昔の」「黄菊白菊」「猫屋敷の怪」「藍染川」「美人の女中」「白藤検校の娘」「川越から来た女」の全八篇。江戸の四季を背景に、人間模様を情緒豊かに描く人気シリーズ。

ひ-1-209

平岩弓枝
閻魔まいり
御宿かわせみ10

表題作ほか、「蛍沢の怨霊」「金魚の怪」「露月町・白菊蕎麦」「源三郎祝言」「橋づくし」「星の降る夜」「蜘蛛の糸」の全八篇収録。小さな旅籠を舞台にした、江戸情緒あふれる人情捕物帳。

ひ-1-210

平岩弓枝
二《に》十六《じゅうろく》夜待《やまち》の殺人
御宿かわせみ11

表題作ほか、「神霊師・於とね」「女同士」「牡丹屋敷の人々」「源三郎子守歌」「犬の話」「虫の音」「錦秋中仙道」の全八篇。今日も〝かわせみ〟の人々の推理が冴えわたる好評シリーズ。

ひ-1-211

（　）内は解説者。品切の節はご容赦下さい。

平岩弓枝
夜鴉《よがらす》おきん
御宿かわせみ12
江戸に押込み強盗が続発、「かわせみ」へ届けられた三味線流しおきんの結び文が解決の糸口となる。他に名品と評判の「岸和田の姫」「息子」「源太郎誕生」など全八篇の大好評シリーズ。
ひ-1-212

平岩弓枝
鬼の面
御宿かわせみ13
節分の日の殺人、現場から鬼の面をつけた男が逃げて行った。表題作の他「麻布の秋」「忠三郎転生」「春の寺」など全七篇。大川端の御宿「かわせみ」の面々による人情捕物帳。　（山本容朗）
ひ-1-213

平岩弓枝
神かくし
御宿かわせみ14
神田界隈で女の行方知れずが続出する。神かくしはとかく色恋のつじつまあわせに使われるというが……東吾の勘がまたも冴える。御宿「かわせみ」の面々がおくる人情捕物帳全八篇。
ひ-1-214

平岩弓枝
恋文心中
御宿かわせみ15
大名家の御後室が恋文を盗まれ脅される。八丁堀育ちの血が騒ぎ、東吾がまたひと肌脱ぐも……。表題作ほか、るいと東吾が晴れて夫婦となる「祝言」「雪女郎」「わかれ橋」など全八篇収録。
ひ-1-215

平岩弓枝
八丁堀の湯屋
御宿かわせみ16
八丁堀の湯屋には女湯にも刀掛がある、という八丁堀七不思議の一つが悲劇を招く。表題作ほか、「ひゆたらり」「びいどろ正月」「煙草屋小町」など全八篇。大好評の人情捕物帳シリーズ。
ひ-1-216

平岩弓枝
雨月
御宿かわせみ17
生き別れの兄を探す男が、「かわせみ」の軒先で雨宿りをしていた。兄弟は再会を果たすも、雨の十三夜に……。表題作ほか「尾花茶屋の娘」「春の鬼」「百千鳥の琴」など全八篇を収録。
ひ-1-217

平岩弓枝
秘曲
御宿かわせみ18
能楽師・鷺流宗家に伝わる一子相伝の秘曲を継承した美少女に魔の手が迫る。事件は解決をみるも、自分の隠し子らしき男児が現われ、東吾は動揺する。「かわせみ」ファン必読の一冊！
ひ-1-218

かくれんぼ
平岩弓枝
御宿かわせみ19

品川にあるお屋敷の庭でかくれんぼをしていた源太郎と花世は隣家に迷い込み、人殺しを目撃する。事件の背後には——。表題作ほか「マンドラゴラ奇聞」「江戸の節分」など全八篇収録。

ひ-1-219

お吉《きち》の茶碗
平岩弓枝
御宿かわせみ20

「かわせみ」の女中頭お吉が、大売り出しの骨董屋から古物を一箱買い込んできた。やがて店の主が殺され、東吾はお吉の買物の中身から事件解決の糸口を見出す。表題作ほか全八篇。

ひ-1-220

犬張子の謎
平岩弓枝
御宿かわせみ21

花見の道すがら、るいが買った犬張子には秘められた仔細があった。玩具職人の、孫に向けた情愛が心を打つ表題作ほか「独楽と羽子板」「鯉魚の仇討」「富貴蘭の殺人」など全八篇収録。

ひ-1-221

清姫おりょう
平岩弓枝
御宿かわせみ22

宿屋を狙った連続盗難事件の陰に、江戸で評判の祈禱師、清姫稲荷のおりょうの姿がちらつく。果してその正体は？　「横浜から出て来た男」「穴八幡の虫封じ」「猿若町の殺人」など全八篇。

ひ-1-222

源太郎の初恋
平岩弓枝
御宿かわせみ23

七歳になった初春、源太郎が花世の歯痛を治そうとして巻き込まれたのは放火事件だった——。表題作ほか、東吾とるいに待望の長子・千春誕生の顚末を描いた「立春大吉」など全八篇収録。

ひ-1-223

春の高瀬舟
平岩弓枝
御宿かわせみ24

江戸で屈指の米屋の主人が高瀬舟で江戸に戻る途上、変死した。懐中にあった百両もの大金から下手人を推理する東吾の活躍を描く表題作ほか、「二軒茶屋の女」「紅葉散る」など全八篇。

ひ-1-224

宝船まつり
平岩弓枝
御宿かわせみ25

宝船祭で幼児がさらわれた。時を同じくして「かわせみ」に逗留していた名主の嫁が失踪。事件の背後には二十年前の同様の子さらいが……。表題作ほか「冬鳥の恋」「大力お石」など全八篇。

ひ-1-225

平岩弓枝
小判商人
御宿かわせみ33

日米間の不平等な通貨の流通を利用して、闇の両替で私腹を肥やす小判商人。その犯罪を追って東吾や源三郎、麻太郎や源太郎が活躍する表題作ほか、幕末に揺れる江戸を描く全七篇を収録。

ひ-1-233

平岩弓枝
浮かれ黄蝶
御宿かわせみ34

麻生家に通う途中で見かけた新内流しの娘の視線に、思惑を量りかねる麻太郎だが……。表題作ほか、「捨てられた娘」「清水屋の人々」など「江戸のかわせみ」の掉尾を飾る全八篇。

ひ-1-234

平岩弓枝
新・御宿かわせみ

時は移り明治の初年。幕末の混乱は「かわせみ」にも降り懸かる。次代を背負う若者たちは悲しみを胸に抱えながらも、激動の時代を確かに歩み出す。大河小説第二部、堂々のスタート。

ひ-1-235

平岩弓枝
華族夫人の忘れもの
新・御宿かわせみ2

「かわせみ」に逗留する華族夫人の蝶子は、思いのほか気さくな人柄。しかし、常客の案内で、築地居留地で賭事に興じて、るいの留守を預かる千春を心配させる。表題作ほか全六篇を収録。

ひ-1-236

平岩弓枝
花世の立春
新・御宿かわせみ3

「立春に結婚しましょう」――七日後に急に祝言を上げる決意をした花世と源太郎はてんてこ舞いだが、周囲の温かな支援で無事祝言を上げる。若き二人の門出を描く表題作ほか六篇。

ひ-1-237

平岩弓枝
蘭陵王の恋
新・御宿かわせみ4

麻太郎の留学時代の友人・清野凛太郎登場！　凛太郎は御所に仕える楽人であった。凛太郎と千春は互いに思いを募らせていく。表題作ほか「麻太郎の友人」「姨捨山幻想」など全七篇。

ひ-1-238

平岩弓枝
千春の婚礼
新・御宿かわせみ5

婚礼の日の朝、千春の頰を伝う涙の理由を兄・麻太郎は摑みかねていた。表題作ほか、「宇治川屋の姉妹」「とりかえばや診療所」「殿様は色好み」「新しい旅立ち」の全五篇を収録。

ひ-1-239